キミに捧げる英雄録1
立ち向かう者、逃げる者

猿ヶ原

口絵・本文イラスト●こーやふ

えい‐ゆう【英雄】

① 傑出した才能を持ち、常人にできないことを成し遂げた人。

② ――【英雄録】にその名前を刻んだ人。

プロローグ：『端役』アイル・クローバー

——主役《えいゆう》のようになりたいと、心からそう思ったんだ。


きっかけは本当に些細《ささい》なこと。

村の子供たちの間で行われていた遊び。

英雄譚《たん》の登場人物たちを演じて遊ぶソレを、僕たちは英雄ごっこと呼んでいた。

その中で、僕はいつも『端役《はやく》』だった。いつまで経《た》っても『主役』を演じさせてもらえることはなかった。

僕は聞いてみた——どうして僕に『主役』をやらせてくれないのか、と。

そしたらみんなは口々に言った——臆病者は『主役』に相応《ふさわ》しくないからだ、と。

悔しかった。悔しくて、泣いた。子供らしく、みっともなく喚《わめ》き散らした。

そんな僕を見て、みんなは「臆病者がまた泣いている」と笑った。

そして周りは僕を仲間外れにするようになった。

だけど。

独りぼっちだった僕にも、たった一人だけ遊び相手がいた。

当時、五歳かそこらだった僕と一〇も歳の離れたお姉さん。名前は、ベルお姉さん。

ベルお姉さんは優しかった。その上勉強ができて、料理もできて、運動もできて、男の子にも女の子にもモテモテで……とにかく完璧な女性だった。

ベルお姉さんは仲間外れにされていた僕にいつも声をかけてくれた。文字が読めない僕に、色々な英雄譚を読み聞かせてくれた。英雄ごっこに混ざることのできない僕を、村の外へと連れだしてくれた。

僕は言った――いつか臆病を治して、お姉さんを守れるような主役になるから、と。

彼女は言った――うん。楽しみにしておくね、と。

それから程なくして、ベルお姉さんは村から出ていった。

この娘はただの村娘に収まる器ではない。そう考えた村長が、ベルお姉さんを外の世界へと解き放ったのだ。鳥籠の中で育った鳥を、大空へと放つように。

もちろん、その突然の別れに、泣き虫だった僕が耐えられるはずがなかった。

別れ際、僕は「行かないで」と泣き叫びながら縋《すが》りついた。

そんな僕に向かって、ベルお姉さんは言った。

『今の私と同じ歳になったら、追いかけて来て』

『そして、その時にもまだ気持ちが変わっていないのなら、私を守ってくれる主役になるって約束を果たしてくれる？』

はっきりとは覚えていないけど、幼かった僕は「嫌だ」みたいな言葉を繰り返し叫んでいたような気がする。

優しくて世話焼きなベルお姉さんのことだ。僕がこのまま駄々《だだ》をこね続けていれば、結局はいつものように「もう、しょうがないなあ」と言って折れてくれるだろう。心の中でそう思っていたんだ。

だけど、ベルお姉さんは村を出て行った。

僕の頭をポンポンと叩《たた》くと、困ったような笑みを浮かべたまま出て行ってしまった。

遠ざかっていくその背中を、僕は呆然《ぼうぜん》と眺めることしかできなかった。

そして、それから約一年後。

『【英雄録】の一頁《ページ》に、ベルシェリア・セントレスタの名前が刻まれた』

僕たちの村に、その一報が届けられた。

――【英雄録】

それは、舞台上《せかい》に生まれた全ての英雄譚《たん》が記されている唯一の書物。

英雄たちの残した数々の物語がちりばめられた短編集。

未《いま》だ完成に至っていない世界最古の書冊。

世界の「観察者」である精霊によって、その書物は綴《つづ》られる。

精霊は世界中に散らばっている主役たちの生き様を観察し、その輝かしい物語を一冊の書物に書き記すのだ。英雄たちの紡いだ物語が色褪《いろあ》せてしまわぬようにと。

『世界で最も有名な書物』

『世界中の人々の憧れが詰まった結晶』

『有史以降に生まれた英雄たちの栄光が綴られた宝』

誰もがそれに憧れる。その書物に名を残したいという夢を抱く。

「【英雄録】に名を刻む」ことは、そのまま「歴史に勇名を刻む」ことになるから。

「【英雄録】に物語を刻む」ことは、そのまま「歴史に偉業を刻む」ことになるから。

つまり、ベルお姉さん――ベルシェリア・セントレスタは【英雄録】へと名前と物語を刻んだことで名実ともに主役となった。英雄の定義を満たし、誰もが憧れてやまないその場所へと至ったのだ。

「僕も、ベルお姉さんのようになりたい」

ベルお姉さんの軌跡に魅せられた僕は、当然のようにそう考えるようになった。

身近だった存在が実際に物語の世界へと羽ばたいていったことで、幼い僕は「もしかしたら自分も」なんて淡い期待を抱いてしまったのだ。

だけど、その期待も長くは続かなかった。

『お前には無理だ』『身の程を弁《わきま》えろ』『お前なんかいつまで経《た》っても端役《はやく》のままだ』

『お前はベルシェリア・セントレスタとは違って、誰からも期待されていない』

それは、分不相応な夢を語っていた僕に浴びせられた言葉の数々。

容赦なく襲いかかってくる剥《む》き出しの現実に、僕の心は摩耗していった。

周囲の蔑むような視線に、幼い僕が抱いていた期待は粉々に打ち砕かれていった。

それからだ。ベルお姉さんが讃《たた》えられるたびに、自分のことが嫌になりだしたのは。

それからだ。ベルお姉さんの名前を耳にするたびに、胸の奥がズキリと痛みだしたのは。

それからだ。ベルお姉さんの名前が刻まれた【英雄録の写本】が《本の都》から届けられるたびに、心が萎《しぼ》みだしたのは。

村から生まれた主役――ベルシェリア・セントレスタ。

目にも留まらないほどの速度で遠ざかっていくその背中に、嫉妬も、羨望も、焦燥も、劣等感も、何もかもが追いつけなくなっていた。

彼我の距離は離れるいっぽう。ただ、無為な時間だけが過ぎてゆく日々。


そして――

ベルお姉さんと別れた日から約一〇年が経《た》った、今日。

最後に見たベルお姉さんと同じ一五歳になった日の朝。

差出人の欄に『ベルシェリア・セントレスタ』と綴《つづ》られている一通の手紙が、僕のもとへと届けられた。

封筒の中には、そう書かれた羊皮紙と一枚の地図。

『気持ち、変わってない？』

「……気持ち」

気持ちなんてとうに変わっている。

主役になるなんて大層な夢、叶《かな》えられるはずがない。そんな臆病者の考えが、心の奥底に根付いてしまっている。

「っ」

だけど、気がつくと僕は旅に出る準備を始めていた。

滅多《めった》に使わない革のバッグを引っ張り出し、コツコツ貯《た》めてきた貨幣をその底に押し込み、その上に衣服や水袋、そしてベルお姉さんから送られてきた手紙と地図を詰め込む。

――ここで踏み出さなければ、僕は一生『端役《はやく》』の人生を歩むことになる。

直観的にそう思った。

そんな人生に身を捧《ささ》げるくらいなら、今、向こう見ずに足を踏み出してやる。

「よし、行こう」

そして僕――アイル・クローバーは、ベルお姉さんの待つ場所に向かって歩き出した。

立ち向かう者、逃げる者

キミに捧げる英雄録

A HEROIC RECORD FOR YOU

A HEROIC RECORD
FOR YOU

第一章　『剣の都』

1

巨大都市ヴェラトニカ。またの名を——《剣の都》

そこは研鑽《けんさん》の地。自分が次の主役だと信じて疑わない冒険者たちが集まる場所。

「う、わぁ」

僕の目に、その場所は別世界のように映った。

立派な建物が軒を連ねる大通り。見渡す限りの人垣に、多種多様な文化が窺《うかが》える服装。

目に映るもの全てから「豊かさ」というものが滲《にじ》み出ている気がする。

他にも、空に向かって突き出している尖塔、荘厳《そうごん》な雰囲気を纏《まと》う鐘楼、綺麗《きれい》なアーチを描く水道橋と、初めて目にする建物に圧倒され、思わず後退《あとずさ》ってしまいそうになる。

「……はっ！」

口を開けたまま大通りのど真ん中に突っ立っていた僕は、周囲からクスクスと笑われていることに気づいて歩き出した。異なる髪の色や肌の色を持つ多様な人種の人たちによってできている人の波に流されるようにして、足を前に進めていく。

同時に僕はバッグの中に手を突っ込んだ。

取り出すのは、ベルお姉さんから送られてきた《剣の都》の地図。その地図には一か所だけ印の刻まれている場所がある。

――【氷霊】のギルド

それは、世界でも屈指の冒険者たちが集う《剣の都》で最も有名な場所。

まず、ギルドとはいったい何なのか。その答えを一言で表すなら『宗教』だ。

世界には七二の精霊と七二のギルドが存在している。

冒険者たちは七二の精霊の中から一つだけ自分が信仰する精霊を選び、その精霊を信仰している『宗教』――つまりはギルドへと所属する。そして、冒険者として偉業を成し遂げることで、信仰している精霊の格――『序列』を押し上げるのだ。

信仰している精霊の序列が向上すると、依頼の量は増え、有望な新人も集まってくる。

つまり、精霊の序列が高いギルドほど、偉く、強く、凄《すご》いということ。

その序列の頂点に君臨している精霊というのが【氷霊】であり、その【氷霊】を信仰している冒険者の集まりというのが【氷霊】のギルドというわけだ。

地図を見る。うん、まさにその場所の上に印が刻まれている。

きっとそこにベルお姉さんはいる。そこで僕を待っている。

――【氷霊】のギルドに所属している冒険者の一人として。

僕は浮き立つような気持ちになりながら、一直線に伸びる大通りの先へと目を向けた。

――直後。

ゴォーン、ゴォーンと外壁上の大鐘楼が鳴り出した。

「なっ」

『……――――――――――――――――――――――――――――――』

割れんばかりの大歓声が《剣の都》を包み込んでいく。

濁流のように荒れる人の波。熱気で満たされる大通り。混ざり合う汗のニオイ。身体《からだ》がもみくちゃにされる。大量に荷を積んだ馬車、騎士が身に纏《まと》っている分厚い鋼の鎧《よろい》、冒険者が腰に下げている剣の鞘《さや》、それらがぶつかり合うことで生じる鈍い音があちこちで上がる。

「ぐ、ぐぅ」

しゃがみ込もうとする身体を叱咤《しった》し、人の波を泳ぐ。

「凱旋《がいせん》だ！【氷霊】のギルドが帰ってきたぞ！」「おいどけ、見えねえだろ！」「なんて勇ましい姿」「かっこいい！」「神々《こうごう》しい……」「やっぱり【獣躙《じゅうりん》】は存在感が違うな」「いやぁー、存在感っていったら一番は」

熱の籠った声が耳朶《じだ》を叩《たた》いてくる。

だけど、その声に耳を傾けられるほどの余裕は今の僕にはなかった。

人を掻《か》き分けて歩くので精一杯。ただ休める場所だけを求めて進む。

『――――――――――――――――――――――――――――――』

しかし、そんな僕を邪魔するように人々の熱狂は加速してゆく。

ぼんやりと霞《かす》んでいく視界。ぐらぐらと揺れる足元。どんどん荒くなっていく息。

もうだめだ。立てない。いっそ座り込んでしまえ。

心がそう囁《ささや》いたと同時に――突然視界が開けた。

「っは、はあっ、はあっ」

人混みから解放された僕は、肺へと息をたっぷり送り込む。

膝に手をついて息を整える。

「はあっ、はっ……？」

そしてそんな中、僕は胸騒ぎを覚えていた。

段々と収まっていく歓声。やけに感じる視線。ガクガクと震える膝。

冷たい汗が背中を伝って落ちていく感覚に息を呑《の》みながら、ゆっくりと顔を上げる。

「――っ」

そして、息が止まった。

道。大通りのど真ん中に一筋の道ができていたから。

大人も、子供も。男も、女も。人族も、獣人族も、長耳族も、長髭《ながひげ》族も。誰もが道の両端に寄って道を開けている。大門から真《ま》っ直《す》ぐに伸びる一本道を、大通りのど真ん中に作り上げている。

まるで……何かがそこを通り過ぎる瞬間に備えるように。

「ぁ、ぁ」

僕はその道の上で腰を抜かしていた。

人は経験したことのないような出来事に直面すると、動けなくなってしまうらしい。

頭が真っ白になって、何も考えられなくなってしまうらしい。

今の僕のように。

「あ、う」

訝《いぶか》しむような視線。不快感を露《あら》わにした視線。僅かな怒気を纏《まと》った視線。あらゆる感情を孕《はら》んだ幾百もの視線が、僕一人に殺到している。

僕はそれらに雁字《がんじ》搦《がら》めにされてしまっていた。

……そんな僕の元に、音が近づいてくる。

ザッザッと石畳を踏み締める音。ガチャガチャと鎧《よろい》が擦れ合う音。

音源は僕の後方。それは確かに近づいてきている。大門の方向から、ゆっくりと。

僕に集まっていた視線は次第にその音源へと移っていく。だから僕も、釣られるようにそちらへと顔を向けた。へたり込んだ態勢のまま。

そして――見た。

大門から伸びる一本の道の上を悠然と歩んでくるその一行を。視界の深奥《しんおう》から一直線にこちらへと向かってきているその一団を。蒼穹《そうきゅう》を背景にして高らかに掲げられているその旗を。氷を纏《まと》った乙女の紋章を。

こんな僕でも分かった。あの人たちは正真正銘、主役と呼ばれる類《たぐい》の人たちだと。

「ぁ」

聞いたことがある。確か——凱旋道《がいせんどう》。

それは、冒険から帰ってきた主役たちを祝福する道。無事に凱旋した主役たちに歓声と称賛を浴びせるための道。これはきっとそれだ。

主役たちの凱旋を讃《たた》える儀式。それが今まさにこの場で行われているのだ。

そしてその道の真ん中で、僕は尻もちをついている。

「——」

ようやく今の状況に頭が追いついた。追いつくことができた。

そして追いついたことで、更に身体《からだ》が動かなくなってしまった。固まってしまった。

退《ど》かなきゃ。足、動け。動け。動け。

……駄目だ、動かない。

早くこの道から退かないといけないのに、骨身に染み付いた臆病者の本能がそれを拒んでいる。手遅れだ。もう現実から目を逸《そ》らしてしまえ。現実から逃げだしてしまえ、と。

ザッ、ザッ、ザッ、と。主役たちの足音は止まらない。止まろうとしない。

「う、っ」

次第に膨れ上がってゆく僕に対する嫌悪の視線。押し寄せてくる負の感情の波。

それらに板挟みにされた僕の頭は――真っ白になった。


「うッ――おぇぇぇぇぇぇぇぇぇぇぇぇぇぇぇぇぇぇぇぇぇぇぇぇぇぇ」


限界に達する緊張。ギュッと縮み上がる胃。

僕は喉の奥からせり上がってきたソレを盛大にぶちまける。

栄光の道の上に、英雄が歩む道の上に……ぶちまけてしまった。

「え、え、っ」

びちゃびちゃ。音を立てて地面に広がる嘔吐《おうと》物。凍りつく空気。

全てを吐き出した僕は、真っ青を通り越して白くなった顔をゆっくりと持ち上げた。通り雨にでも打たれたように全身が生ぬるい汗で濡《ぬ》れている。

「うわ……」

視線の先には、僕の嘔吐物を目の前にして足を止める主役の一団。

そしてどこからか上がったそんな声が、僕の顔を更に白く染め上げた。

僕はそのみっともない顔を隠すように、勢い良く頭を下げる。地面に這《は》いつくばるような態勢になって石畳に額を擦《こす》り付ける。

「ごっ、ごめんなさい！　ごめんなさいっ、ごめんなさい……っ」

震える声で必死にそう口にした。何度も、何度も。

みっともない。情けない。不甲斐《ふがい》ない。惨めだ。滑稽だ。そんな言葉がぐちゃぐちゃに混ざり合い、僕の身体《からだ》を呑《の》み込もうとしてくる。

こんな場所に来てまで恥を晒《さら》して。臆病を晒して。

ああ、もう。いったい僕は——何をしたいんだ。

向こう見ずな自分を呪う。馬鹿で平凡なくせに、行動すれば何かしらの道は開けるのだと、そう信じていた自分を呪う。

そうだ。僕はいつまで経《た》っても、僕でしかいられないんだ。

それはあの村であろうと、この《剣の都》であろうと同じ。

こんな思いをするくらいなら、『端役《はやく》』は『端役』らしく世界の隅っこで大人しくしておけばよかったんだ。

ベルお姉さんからの手紙を受け取ってからの自分の行動を顧み、叱責する。

そしてこの場から立ち去ろうと膝に力を込め——

「あれ、なぁーんで前のほう止まってんのー？」


周囲の音全てを掻《か》き分けて耳へと飛び込んできたその声に、僕は目を見開いた。

大きく跳ねた心臓が、懐かしさと温かさの波に呑み込まれる。

忘れられない。忘れられるはずがない。

それは——ずっと再会を待ち望んでいた人の声。

僕はゆっくりと顔を上げ、正面へと視線を向ける。主役の一団を視界に捉える。

鋼のような筋肉を持つ人族の男性。この世のものとは思えないほどの美貌を持った長耳族の女性。刃物のような気配を放つ長髭《ながひげ》族の少年。感情の窺《うかが》えない表情を浮かべた獣人族の少女。ただならぬ雰囲気を纏《まと》った主役たち。

哀れみ、好奇心、苛立《いらだ》ち。

あらゆる感情の色を瞳に浮かべている彼らを掻き分け、その人は僕の前に現れる。

「うーん？　あらーなるほどね。先頭はこんなことになってたのか」

宝石のような紅色の瞳が僕の姿を捉えた。

少し蒼《あお》みがかった銀色の髪。芸術品のように整った顔立ち。芯が通っているのではないかと思えるほどにピンと伸びた背筋。そして、自信に満ちた太陽のような表情。

「大丈夫？　立てるかな？」

へたり込んだままの僕に差し伸べられる手。

その瞳には、哀れみも、好奇心も、苛立《いらだ》ちもない。ただ純粋な笑顔だけが浮かんでいた。

僕の手が嘔吐《おうと》物で汚れていることなんてお構いなし。相手が誰だろうと、優しく引っ張り上げようとする。

ああ、間違いない。視線の先にいるのは、本物の——

「ベル、お姉さん」

ぽつり、と。思わず口から漏れ出してしまった声。呼び慣れた名前。

それを耳で拾った正面の人物は目を大きく見開く。そして「その呼び方は」と零《こぼ》しながらこちらを観察すると、

「もしかして、アイルちゃん？」

驚いた様子で、僕の名前を呼んだ。

2

精霊序列一位——【氷霊】のギルド本部。
それは、この都の象徴とも言える建物。まるで王城のような外観を誇る建造物。

一寸の狂いなく積み上げられた赤レンガ。空を仰ぎ見なければ天辺《てっぺん》が見えないほどの高さを誇る尖塔。入り口から絶えず漏れる明かりと喧騒《けんそう》。そして、氷を纏《まと》った乙女の紋章が刻まれた旗。

僕は今、その建物内にある豪奢《ごうしゃ》な応接間へと足を踏み入れていた。

「あ、お茶用意するからアイルちゃんは好きな場所に座ってて！」

ベルお姉さん――ベルシェリア・セントレスタに連れられて。

「う、うん」

僕はぎこちない動きでイスへと腰を下ろし、お茶を淹《い》れているベルお姉さんを見る。

メイド服に身を包んだ女の人が「私がやります！」と慌てた様子でベルお姉さんに声をかけているが、お姉さんは「いいのいいの！」と言って聞く耳を持たない。

しばらくすると、メイドさんは諦めた様子で部屋から出ていってしまった。

そして、部屋の中は僕とベルお姉さんの二人だけになる。

「気分はどう？　まだ吐き気する？」

僕の目の前に湯気を立てているカップを置いて、ベルお姉さんは言う。

「えっと、もう大丈夫」

「ほんと？　よかった～」

懐かしい笑顔を向けられ、僕は涙ぐみそうになってしまった。

「あ、そ、その……迷惑かけてごめんなさい」

下を向きながら、そう告げる。情けない顔を悟られたくなくて。

「迷惑？」

「……うん」

「あんな場所で吐いてしまって」と消え入りそうな声で付け加えると、ベルお姉さんは困ったような顔になって笑った。

「気にしない気にしない。そんなことより、吐いた分の栄養を取り戻すことの方が大事！」

「むぐ！」

無理やり机の上のケーキを僕の口の中へと突っ込んでくるベルお姉さん。

僕は「あっぷ、あっぷ」と情けない声を上げながらそれを喉の奥に押し込んでいく。

「ほれほれ、まだまだあるよー。アイルちゃん、昔から甘いもの好きだったからねー」

「んえっ」

ハッとなって、山盛りのケーキの奥にあるベルお姉さんの笑顔を見た。

……僕が甘いもの好きだってこと、覚えててくれたんだ。

嬉《うれ》しくて頬《ほお》が緩みそうになる。その表情を悟られないように下を向くと、僕は残すわけにはいかないとケーキの山に手を伸ばしかけ、

「……あ」

途中で動きを止めた。ベルお姉さんに会いに来た目的を、不意に思い出したからだ。

そうだ、ケーキを食べている場合じゃない。僕は『ベルシェリア・セントレスタがアイル・クローバーを《剣の都》へと呼び寄せた理由』を知りたくて、ここに来たんだ。

勢いよく顔を上げ、ベルお姉さんの顔を見る。

「あ、あのっ」

「そんなことよりも聞きたいことがある、って？」

「――」

そして続けようとしていた言葉を先に言われ、目を見開いた。

「それ」

そう口にするベルお姉さんの視線の先にあるのは、僕のバッグからはみ出している一枚の羊皮紙――『気持ち、変わってない？』と書かれたベルお姉さんからの手紙。

「『なんでこの手紙を僕に送ってきたの？』……今のアイルちゃん、そう聞きたくてたまらないって顔してるよ」

「えっ」

う、嘘《うそ》。僕、そんなに分かりやすい顔してた？

慌てて両手で顔に触れる。それを見ていたベルお姉さんは「ふはっ」と吹き出し、愛《いと》おしいものを見るような目で僕の頭を撫《な》でてきた。

「考えてることが顔に出るところ、昔から全然変わってなくて笑っちゃった」

「う」

なぜか恥ずかしくなり、口を何度も開閉させる僕。

「うん、じゃあ教えてあげる。私がなんでアイルちゃんをここに呼んだのか」

ベルお姉さんはそんな僕の瞳を紅の視線で射抜いて、

「それはね――アイルちゃんを私の弟子にしようと思ったからなの！」

一際大きな声でそう告げた。

「……え？」

「って突然言われても、そんな反応になっちゃうよねー」

舌をペロッと出して笑うベルお姉さん。

「ちょっと長くなるかもしれないけど、私の話聞いてくれる？」

そう付け足すと、彼女は疑問と混乱に板挟みにされて動けなくなっている僕へと背を向けた。部屋の隅にある本棚の元へと歩み寄っていき、その直前で足を止める。

「これ、なんだ」

そして本棚にぎっしり並べられている書物の背表紙を指さし、僕にそう問いかけてきた。

僕はその問いかけを受け、すぐに口を開く。

「それは――」

――【英雄録の写本】

それが、そこに収まっている数百冊の書物の呼び名。

舞台上《せかい》で生まれた英雄譚《たん》の全てが記されている書物。それが【英雄録】。

この世で最も貴重な宝だと呼ばれているその書物の原本は、図書都市ラパイア――《本の都》にて厳重に保管されている。僕たちの手元へと届けられるのは、その写本。

今ベルお姉さんが見ている本棚に並べられている書物が、まさにそれ。

「うん」

僕が口にした答えに頷《うなず》きを一つ返して、ベルお姉さんは続ける。

「【英雄録の写本】には……いや【英雄録】には、一〇〇話ごとに区切りがあるの」

――《始原の世代《第一世代》》と呼ばれる主役たちが生きていた時代。

第【一】話から第【一〇〇】話までの英雄譚が紡がれていた期間が、第一章。

――《修羅の世代《第二世代》》と呼ばれる主役たちが生きていた時代。

第【一〇一】話から第【二〇〇】話までの英雄譚が紡がれていた期間が、第二章。

――《静寂の世代《第三世代》》と呼ばれる主役たちが生きていた時代。

第【二〇一】話から第【三〇〇】話までの英雄譚《たん》が紡がれていた期間が、第三章。

――《再来の世代《第四世代》》と呼ばれる主役たちが生きていた時代。

第【三〇一】話から第【四〇〇】話までの英雄譚が紡がれていた期間が、第四章。

「第一章、第二章、第三章、第四章……私たちはね、主役たちがこれまでに積み重ねてきた歴史を、そうやって四つに区切って呼んでいる」

それを聞いて、僕はコクリと頷《うなず》いた。

知っていたから。……いや、それは知っていないとおかしいことだったから。

誰もが赤ん坊の頃に子守唄を聴かされるようにして読み聞かされる書物。それが【英雄録】。つまり今ベルお姉さんが語ったことは、常識も同然のことなのだ。

「ベルお姉さんは第四章の主役……《再来の世代《第四世代》》」

そして、これも知っていて当然のこと。

「そ。凄《すご》いでしょー！」

「う、うん」

食い気味に頷くと、ベルお姉さんは誇らしげな顔になる。

しかしそれも一瞬。すぐに表情を引き締めて「ここからが話の核心だ」とでも言いたげな雰囲気を纏《まと》うと、彼女は本棚から一冊の【英雄録の写本】を取り出して言った。

「そして今、時代は変わり目にある」

ベルお姉さんが手に取ったのは、【四〇〇】話目の物語が記されている写本。最も新しい英雄譚が綴《つづ》られている書物。

「第【四〇〇】話が紡がれたことで第四章が終わって、新時代が幕を開けた」


新しい時代の名は──第五章。


「私を含めた《再来の世代《第四世代》》の主役たちは今、第五章の担い手となるような次世代の卵たち──《種子の世代《第五世代》》の育成に躍起になってるの」

「っ」

「私たちは、次世代を担うに足る新しい主役の種子を求めている」

お前もその一人だ、とでも言いたげに話すベルお姉さん。その真剣な表情を前にして、僕は思わず後退《あとずさ》ってしまう。

『気持ち、変わってない？』

ベルお姉さんから受け取った手紙の内容が脳内で鮮明に再生される。

「つまり……僕を次世代の担い手の一人として育て上げようと思ったから、あの手紙を送ってきたってこと?」

「まっ、そういうこと!」

「ッ」

「それを踏まえた上でもう一度言うよ。アイルちゃん、私の弟子にならない?」

混乱してばかりの僕を前にして、ベルお姉さんは再びその提案を口にする。

それは、願ってもなかった提案だ。ベルシェリア・セントレスタの名前を知る者が聞いていたら、卒倒してしまってもおかしくないほどの誘いだ。

首を縦に振る以外の選択肢、あるわけがない。

……だけど、

「どうして、僕なの?」

僕の口から零《こぼ》れ出たのは、そんな言葉だった。

『お前には無理だ』『身の程を弁《わきま》えろ』『お前なんかいつまで経《た》っても端役《はやく》のままだ』

『お前はベルシェリア・セントレスタとは違って、誰からも期待されていない』

これまでに浴びせられてきた言葉の数々が蘇《よみがえ》る。

それは、僕の中に刻み込まれている傷。頭蓋の裏にこびり付いて離れない呪い。

特にこれといった取り柄なんてない、短所にまみれた平凡な人間。自他ともに認めている端役。それが僕――アイル・クローバー。

対するベルシェリア・セントレスタと言えば、僕とは正反対に位置している存在だ。

曰《いわ》く、それは目にもとまらぬ速さで戦場を駆け巡る銀の豹《ひょう》。

曰く、それは宙に舞う鮮血すらも凍《い》てつかせて魔獣の群れを呑《の》み込む吹雪の化身。

曰く、それは「姫」の名を冠するに相応《ふさわ》しい戦姫《せんき》。

主役の中の主役――【迅姫《じんき》】ベルシェリア・セントレスタ。

そんな雲の上にいるような存在と僕なんかとが釣り合うわけがない。

……ベルお姉さんと再会した時、僕は一瞬で理解した。否《いや》が応《おう》でも理解させられた。この一〇年間で、ベルお姉さんがどれだけ遠い存在になってしまったのかを。アイル・クローバーとベルシェリア・セントレスタの器の違いを。

こんな僕でも、僕たちの間に存在しているその溝の深さを感じ取ることができたんだ。

ベルお姉さんがそれを感じ取れていないはずがない。

「僕はベルお姉さんと違って……一〇年前から何も変わってないんだ」

絞り出すようにして、その言葉を零す。

変わってない。僕は昔から何一つとして変わっていないんだ。

才能のなさを嘆くしかない弱虫のまま。大衆の面前で恥を晒《さら》すような臆病者のまま。

そんな僕に「弟子にならないか」なんて提案をしてくるベルお姉さんの考えが分からな

い。「次世代の担い手となる主役になれ」なんて無茶《むちゃ》を押し付けてくるベルお姉さんの意図が理解できない。

分からなくて、理解できなくて……こわい。

「どうして、僕なんかを」

段々と弱々しくなっていく口調。俯《うつむ》きがちになっていく顔。

ベルお姉さんはそんな僕を見て、

「どうしてって——期待してるからだけど」

きょとんとした顔でそう告げた。

「き、きたい……？」

「そ。弟子に求めている冒険者像ってものが、私にはある。そのイメージに一番近いのは誰かなって考えた時、一番に浮かんだのがアイルちゃんの顔だったの」

ビシッと人差し指を差し向けられ、肩がビクリと震える。

「そして『この手でアイルちゃんを一から育ててみたい！』っていてもたってもいられなくなったから、その手紙をアイルちゃんに送ったってわけ」

「っ」

その正直な言葉をぶつけられて、僕は息を呑《の》む。

きっと、ベルお姉さんは嘘《うそ》なんて言っていない。今の言葉は全部、本音なのだろう。

ベルお姉さんという人間を昔から知っている僕だからこそ、それが分かった。

――でも。

「そ、そんなの」

この約一〇年間で培われた臆病者の性《さが》が、擦り切れかけている自尊心が、ベルお姉さんの言葉を受け入れることを拒む。彼女の言葉を大人しく聞き入れようとしない。

「信じられない？」

「……うん」

少し躊躇《ためら》った後、消え入りそうな声でそう答える。

すると、

「じゃあ、はっきりと言ってあげる」

ベルお姉さんはそう口にして、こちらに歩み寄ってきた。

「私は、絶対に嘘をつかない」

「――」

どこまでも真《ま》っ直《す》ぐな視線を向けられ、息が止まる。

『お前には無理だ』

かつて向けられた蔑みの言葉が蘇《よみがえ》る。

「アイルちゃんならできる」

その言葉を否定するように、ベルお姉さんは言った。

『身の程を弁《わきま》えろ』

かつて向けられた貶《さげす》みの言葉が蘇《よみがえ》る。

「アイルちゃんには資質がある」

その言葉を覆《くつがえ》すように、ベルお姉さんは言った。

『お前なんかいつまで経《た》っても端役《はやく》のままだ』

かつて向けられた哀れみの言葉が蘇る。

「アイルちゃんは強くなれる」

その言葉を塗りつぶすように、ベルお姉さんは言った。

『お前はベルシエリア・セントレスタとは違って、誰からも期待されていない』

かつて向けられた嘲りの言葉が蘇る。


「私は――アイルちゃんに期待してる」

それら全てを一蹴するように、ベルお姉さんは告げた。

「ぇ、ぁ、ぇ」

言葉が喉につっかえて出てこない。

滲《にじ》む視界。徐々に熱をもっていく身体《からだ》。

誰からも期待されていない端役《はやく》。それが僕、アイル・クローバー。

だけどたった一人、僕が一番認めてもらいたい主役だけは、僕に期待してくれている。

その事実が、何よりも熱い炎となって胸に灯《とも》った。心を揺さぶってきた。

そして――報いたい、と。そんな柄にもない言葉が、頭の中に浮かんでくる。

報いたい。何の取り柄もない僕を唯一認めてくれているベルお姉さんに。

報いたい。一〇年間、ずっときっかけを待っているだけだった僕に手を差し伸べてくれたベルシエリア・セントレスタに。

「じゃあ、もう一回言うね」

こんな僕にもやれることがあるのならやってやる。唯一アイル・クローバーに期待してくれている、この人のために。

「アイルちゃん、私の弟子にならない？」

そして僕は、その言葉に大きな頷《うなず》きを返した。

3

「まず、アイルちゃんの敵手《ライバル》を紹介するね！」

そう口にするベルお姉さんに連れられて、僕は《剣の都》の中央大広場へと来ていた。

日の光を浴びてキラキラと輝く巨大な噴水。隙間一つないくらいびっしりと敷き詰められている石畳。そして、溺れてしまいそうになるほどの人の波。

景観を楽しむ余裕すらない状況の中、僕は前を歩いているベルお姉さんの背中だけは見失わないようにと必死に歩く。

しかし、進むにつれて歩くのは段々と楽になっていった。

圧倒的な存在感を放つ人物――ベルシェリア・セントレスタの存在に、人々が気付き始めたためだ。

ベルお姉さんが歩くとそこには勝手に道ができていく。人が勝手に道を譲ってくれる。

代わりに殺到するのは「羨望」や「憧れ」といったものを孕《はら》んだ眼差《まなざ》し。それらを一身に受けて歩く蒼銀《そうぎん》の背中に、僕はベルお姉さんが立っている場所の遠さを再び思い知らされる。

「ええーっと、今日はここら辺でやるって言ってたんだけどなー」

辺りをきょろきょろと見渡しながら呟《つぶや》くベルお姉さん。

すると突然、一際大きな歓声が近くで弾《はじ》けた。

「おっ、あそこかな。行くよ、アイルちゃん！」

その歓声の発生源へと進路を変更して進みだす背中。僕は慌ててそれを追う。

「ねえ、アイルちゃんはどうしてここが《剣の都》って呼ばれてるのか、知ってる？」

唐突に投げかけられる問い。

しばらく考えた挙句、素直に「分からない」と答える。するとベルお姉さんはピッと指を立てて話し始めた。

「ここが《剣の都》って呼ばれている理由。それは、双方の合意の上ならいつでもどこでも剣を用いての決闘が許されているからなんだよ」

開ける視界。人混みを抜けた僕たちは、その光景を目にした。

そこにあったのは——地に伏す屈強な戦士と、その戦士へと剣の切っ先を突き付ける一人の少女の姿。

目の前の光景の中における『主役』と呼べる存在は、明らかに後者。

僕はその『主役』側に立つ少女へと、ゆっくりと視線を向ける。

「……っ」

そこにいたのは、硝子《がらす》細工を思わせる繊細な印象の少女だった。

最大級の純度を誇る白髪に、蒼穹《そうきゅう》を彷彿《ほうふつ》とさせる瞳。そして僅かに幼さの残る美貌。物語の中から飛び出してきた雪の妖精なのではないかと本気で思ってしまうほど現実離れしたその容姿に、僕は思わず立ち尽くしてしまう。

「わたしの勝ちです」

「っ、ああ、参った」

そして、割れんばかりの歓声が広場中に轟《とどろ》いた。

「おいおい今ので何連勝目だ？」「つか、何連戦してんだよ」「あれでまだ《深度《クラス》》【Ⅱ】って、いったいどんな《硬度《ポテンシャル》》してんだよ」「《種子の世代《第五世代》》候補の中でも頭一つ抜けてやがる」「やっぱり新人《ニュービー》共を先導できるのはこの子しかいねーな」

耳に入ってくる言葉の殆《ほとん》どが、少女を褒《ほ》め称《たた》えるもの。

主役の卵。超新星。次世代の先導者。《種子の世代《第五世代》》候補筆頭。種をまく者。

そして——【迅姫《じんき》】ベルシェリア・セントレスタの唯一の弟子。

「名前はシティ。——【淑姫《しゅくき》】シティ・ローレライト」

「シティ……ローレライト」

ベルお姉さんの口から出たその名前と共に、目の前の光景を脳みそに刻み込む。

「あの娘《こ》が、この先ずっとアイルちゃんの前に立ち塞がることになる存在」

「っ」

「私の、一番弟子」

ゴクン、と生唾を飲み込む音がやけに鼓膜に染み込む。

喝采をその一身に受けて立つ純白の少女。それはまるで、物語の一幕のように見えた。

今少女の立っている場所に自分が並び立っている未来を想像してみようとするが、全くできない。今の僕には、ただ目の前の光景を目に焼きつけることしかできない。

『――――……………』

時間が経《た》つにつれて周囲の熱が引いてゆく。

ベルお姉さんは視線がこちらに集まりつつあることを確認し、その口を開いた。

「おーい、シティ！」

「……師匠？」

ハッとなって振り返る純白の少女――シティさん。

彼女はベルお姉さんを視界に捉えると、尻尾を振り回す子犬のようにしてこちらへと駆け寄ってきた。表情の変化はほとんど感じられないけれど、その雰囲気は先ほどまでとはまるで別物だ。

「わたし勝ちました。今ので一九勝目。次で二〇勝です」

「おっ、やるじゃーん！」

「は、はいっ。それで――」

「あ、待って。話の前にこの子の紹介だけさせて」

シティさんの声に被《かぶ》せるようにして言うと、ベルお姉さんは僕の肩を強く叩《たた》く。

そして、

「今日からシティの弟弟子になる男の子——アイルちゃんです！」

辺り一帯に響き渡るほどの声でそう言い放った。

「…………は？」

唐突に切り出されたそんな話に、シティさんの整った顔がピシィと音を立てて凍りつく。

周囲にはどよめきが走り、多くの視線が僕一人へと殺到してきた。

「弟、弟子」

ギギと潤滑さを失った玩具《おもちゃ》のような動きでこちらに顔の正面を向けてくるシティさん。

そして僕と視線がぶつかり合った瞬間、その表情が再び凍り付いた。小さな唇がわなわなと震えだし、驚愕《きょうがく》交じりの呟《つぶや》きが落ちる。

「あ、アナタは、あの時の」

「え？」

「凱旋《がいせん》道で吐いていた人……！」

今度はこちらが凍り付く番だった。

思い出さないようにしていた凱旋道での記憶が無理やり掘り起こされる。

もしかしてこの人は、あそこにいたのだろうか。いや……いたのだろう、この反応は。

彼我の間に何とも言えない空気が流れ、沈黙が落ちる。永遠に続くのではないかとすら思える気まずい沈黙。

そんな空気を破ったのは、やっぱりベルお姉さんだった。

「仲良くしてあげなよ」

「嫌です」

即答。シティさんは「ふぅぅぅ」と大きく息を吐くと、鋭い視線をこちらに向けてきた。

「アナタなんかに、師匠の……【迅姫《じんき》】の弟子が務まるなんて、思えませんッ！」

その目に宿るのは明確な敵意。独り占めしていたお気に入りの玩具《おもちゃ》を横取りされようとしている子供のような顔で、シティさんはこちらを睨《にら》んでいる。

「認めません、絶対に！」

「あ、え」

「こんな間抜けな顔をしてる人が師匠の弟子なんて、嫌です！」

それはもう、散々な言われようだった。

「私が決まりって言ってるんだから決まりなの！」

「嫌！　嫌ですから！　こんなどこの馬の骨かも分からないような人！」

「アイルちゃんとはシティより昔からの仲なんですけどー！　馬の骨はどっちかなア？」

「なっ」

純白のまつ毛が小刻みに震え、シティさんの視線に宿る敵意が一気に膨れ上がる。

二人に挟まれている僕はどうしていいか分からずに狼狽《うろた》えていた。

「とにかく、嫌ですから！」

「むむむ」

目の前で睨み合う二人。

そして張り詰めた空気の中、先に「はあ」と観念したようにため息を吐《つ》いたのはベルお姉さんの方だった。

「分かったよ。一番弟子の意見とあっちゃあ、仕方ない」

「師匠……」

ベルお姉さんは、ホッとした様子で顔を上げるシティさんへと手を伸ばし、

「——なぁんてのはうっっっそだよーっ！」

その純白の脳天へと思いきり手刀を打ち込んだ。

「いたい！」

頭を押さえて蹲《うずくま》るシティさん。

ベルお姉さんはそれを満足げな顔で見下ろしながら、僕の腕を掴《つか》んでくる。

「私の言うことが聞けないなら弟子なんてやめちゃえ！　アイルちゃんに吠《ほ》え面《づら》かかされ

てから泣きついてきても知らないから！　馬鹿馬鹿バーカ！　いこ、アイルちゃん！」

「え、えええええええええええええええええええええええ!?」

こうして、姉弟子との初対面は最悪と言っていい形で幕を下ろしたのだった。

4

ベルお姉さんに連れられて、僕は再び【氷霊】のギルドへと戻ってきていた。

「絶対シティに負けないくらいまで強くしてあげるからねッ、アイルちゃん！」

「とりあえず武器！　まずはお姉さんが最高の武器を見繕ってあげる！」

「冒険者の血が滾《たぎ》ってきた――――あ！」

ふんすっ、と鼻息を荒げて歩くベルお姉さんに引っ張られながら、僕はギルドの薄暗い通路を進んでいく。

すれ違う人たちから向けられる「なんだなんだ?」という視線が痛い。

「着いたっ、ここ！」

しばらくして、到着。ベルお姉さんの視線をなぞるようにして顔を前に向けると、そこには見上げるほどの大きさを誇る扉があった。

「べ、ベルお姉さん。ここは？」

「気になるーぅ？　びっくりするよー。ここはウチのギルドのほ、う、も、つ、こ」

　宝物庫。ベルお姉さんは慣れた手つきでその部屋の鍵を開ける。そして、胸を高鳴らせる僕の様子をニタニタという表現がぴったりの表情で一瞥《いちべつ》すると、宝石箱の蓋を開くようにしてその扉を開け広げた。

「わぁ」

　その先にあった光景を見て、僕は無意識にそんな声を零《こぼ》してしまう。

　そこにあったのは――キラキラと輝く武器や防具の山。魔獣狩り、宝具探し、秘境探索、魔境調査、犯罪者狩り。そういった活動を生業《なりわい》とする冒険者たちが世界中からかき集めたお宝の数々。

　この光景を前にして興奮しない子供なんていない。そんな子供いるはずがない。

　気づけば僕の頬《ほお》も自然と緩んでしまっていた。

「満足するにはまだ早いよーっ！　本番はこれからっ。気合入れて武器を漁《あさ》れー！」

「お、おー！」

「武器といったら剣！　剣がある場所はこっち！」

　そうして始まった武器漁り。

　……しかし、結論から言うと僕にしっくりくる短剣は一つしかなかった。

　伝説の武器なんかでは、もちろんない。どこにでもある、ただの短剣だ。

「アイルちゃん、本当にそんなのでいいの？」

「うん、これでいい。正直他の短剣は、全然手に馴染《なじ》まなかったから」

どれもこれも、僕の身の丈に合わないくらい上質すぎて。

「うーん、じゃあ仕方ないか。確かに、武器に頼りきりってのも良くないしね」

自分に言い聞かせるように言いながら、僅かに肩を落とすベルお姉さん。

「じゃあ、せめてこれは受け取ってくれる？」

そう言って手渡されたのは、形が整えられた手のひら大の結晶体だった。

「それは【収納結晶】。【創霊】のギルドの錬成師によって創られた叡智《えいち》の結晶」

「しゅうのうけっしょう……」

「そ！　なんと、この世のあらゆる物質を収納して持ち運ぶことができるっていう夢の魔道具！　うっかりなくすなんてことがないように気をつけるんだぞー？」

「う、うん」

僕は返事をしてすぐソレをバッグに入れる。

そしてこれまで以上に持ち物のことに気を配ろうと心に決めた。

「あ、あと【収納結晶】には容量があるから、中身がいっぱいになったらお姉さんに言ってね。新しいのあげるから」

ベルお姉さんはそう告げ、大量の【収納結晶】が入った革袋を無造作に放り投げた。

衝撃を受けてギシギシと軋《きし》む床。ジャラジャラと中身の音を鳴らしながら転がる革袋。

それらの影響で、部屋の隅に積み上げられていた書物の山が勢いよく崩れ落ちる。

「うわ、やっちゃった。私知ーらない！」

「か、片付けなくていいの？」

「大丈夫大丈夫！　用はもう済んだんだし、ほっといて出よ出よ」

ひぇー、と口にしながら早足で出口へと向かって行くベルお姉さん。

それを見た僕も「まあ、ベルお姉さんがそう言うのなら」と足を踏み出し、

『んだァ!?　誰だァ、オレを雑に扱いやがるヤツァ!?』


突然背後から上がった荒々しい声に弾《はじ》かれるようにして跳び上がった。

「あえっ!?」

突然の出来事に、身体《からだ》が強張《こわば》ってしまう。

僕たちの他にもこの部屋に人がいたのか。全然気づかなかった。

ドクンドクンと跳ねる心臓の音を聞きながら、慌てて振り返る。背後に目を向ける。

しかし――そこには誰もいなかった。

「あ、あれ？」

人の影も、気配もない。

気のせい？　いや、そんなはずは……いや、待って。もしかして――ゴースト？

「っ」

冷たい汗が背中を滑り落ちてゆく。

いや、違う。絶対に違う。自分に何度もそう言い聞かせながら首を振る。

そして顔中を汗で濡《ぬ》らしながら踵《きびす》を返し、

『あァ？　んだァ、このチンカス臭《くせ》ェガキはァ』

「っ――っっ」

ハッキリと聞こえたその声に、僕は再び引き止められた。

気のせいじゃなかった。気のせいではなかった。気のせいなんかじゃなかったっ！

「だ、誰ですかっ？」

虚空に向かってそう問いかける。

それは恐怖でおかしくなりそうな自分を奮い立たせてなんとか搾り出した一言。

すると、

『……あァ？』

僕の放った問いかけに対する返事はすぐに返ってきた。

『あぁァ？　ああああァ!?　うッそだろオイオイ！　オイオイオイ！　ガキィ！　オレの

声が聞こえてやがんのかァ!?』

「だからっ、そう言って！」

『ひャッッッはァァァァあああ！　マジかよ！　スゲェ！　スゲェスゲェスゲェ！　オイオイオイオイオイオイオイ！』

心配になるくらいの勢いで騒ぎだす声の主。

僕はガクガクと震える足をなんとか抑えつけ、その場に立ち尽くすことしかできない。

『ガキ！　コッちだァ！　下を見やがれ！』

「し、した?」

『そォだァ！　最高にイカした【魔導書】があンだろァ！』

僕は促されるまま、ゆっくりと視線を下げる。下を向く。床を見る。

すると……さっきベルお姉さんが散らかした書物の中に、不気味な模様の記された一冊の書物が確かにあった。

『そォだ！　それだァ！　合ってる！　今ァ見つめ合ッてンぜオレたちよォ！』

「う、うそ」

『嘘《うそ》じゃねェ！　ホラ！　分かったならさッさとオレを手に取りやがれ！　そして外に連れ出せァ！　オレァずうッッッッとヒマしてたンだァ！　このカビ臭ェ場所でよァ！』

瞬間、僕の記憶の底から、とある物語の光景が浮上してきた。

それは、一人の狂人が悪魔と契約を交わす場面。狂人が「力」を得るために、悪魔に「寿命」という対価を差し出す場面。破滅の始まりとも言える一幕。

それが鮮明に蘇《よみがえ》る。

どうして？　——今、僕が置かれている状況と似ているからだ。

「——ッ！　い、い、いや、いやですっ。すみません！」

気づけば僕は、そう言って駆け出していた。

怖い。すごく怖い。どう考えてもアレは関《かか》わっていい代物《しろもの》じゃない。そんな気がする。いや、気がするじゃない。絶対にそうだ。そうに違いない。そうとしか思えないっ！

『オイ待て！　待て待て待てェ！　てめェは稀有《けう》な【適格者】なんだッてェ！　オレの声を聞けんのも【適格者】だけでッ、おッ、おイィイイイイいい！　マジでこのまま行くのかァ!?　なあ！　おいァ！　男なら強くなりてェだろァ！　オレァ【適格者】にすンげえチカラを渡すことがなァ——』

勢い良く扉を閉め、その声を遮断する。

「はあ、はあ」

荒れる自分の息だけが響く薄暗い廊下。そこで僕は、たった今見聞きしたものを記憶から葬り去ることに決めた。

5

「アイルちゃん少し顔色悪いよ。大丈夫？」

翌朝。昨日に比べて人通りが落ち着いている大通り。そこを歩く僕に向かって、隣に立つベルお姉さんが心配そうに尋ねてくる。

脳裏によぎるのは、昨日宝物庫の中で聞いたあの騒がしい声。

……いや、知らない。そんな声聞いてない。もう忘れた。

「な、なんでもないよ」

「そう？　ならいいんだけど」

お姉さんはそう言うと、こちらに向かって柔らかく微笑《ほほえ》んだ。

「……それはそれとして」

そして一変。突如ベルお姉さんの顔に浮かんだムッとしたような表情が、僕らの後ろを歩いている人物へと向けられる。

「ねえ。なんでついてきてるの？　シティ」

ベルお姉さんの一番弟子である白髪の少女——シティさん。

昨日、ベルお姉さんに「私の言うことが聞けないなら弟子なんてやめちゃえ！」と突き放されたはずのシティさんが、なぜか僕たちの後ろにぴったりとくっついて歩いているのだ。一切隠れようともせず。ふてぶてしいくらいに堂々と。

「ついてこないでくれるぅ？」

「嫌です」

「つ、い、て、く、る、な！」

「断ります」

「むかーっ！　なんでそこまでしてついて来ようとするのさ！」

「師匠のゆ、い、い、つ、の、弟子だからです」

「やだ、凄《すご》い独占欲！　この子、私のこと好き過ぎじゃない!?」

ウギャーウギャーと騒ぎ立てるベルお姉さんとは裏腹に、シティさんは一貫してツンとした態度を装っていた。

二人の言葉の応酬は《剣の都》を出てからも続く。というか終わる気配がない。

「んあーっ！　もうついてくるなり観察するなり、好きにすれば！　言っとくけど、私は絶対に無視するから！」

「……どうぞ」

そうして気付けば、僕たちは歩いて魔獣の蔓延《はびこ》る森の奥地まで来ていた。

早朝に《剣の都》から出たのに、もう太陽は真上だ。

……正直、座り込んでしまいたいくらいキツい。しかし、そんなこと口にできるはずもなく、僕はベルお姉さんの背中にひたすらついていく。

「よーし、ここらへんで良いかな」

唐突に立ち止まるベルお姉さん。

「じゃあ、今からアイルちゃんにやってもらうことを説明するね」

突然そう告げられ、僕は思わず「え」と気の抜けた返事をしてしまう。

「アイルちゃんには、一人でこの森を抜けて《剣の都》まで帰ってきてもらいます」

そしてその一言で、一気に目を覚まさせられた。

「えっと、でもここ、魔獣が出る森だって」

「うん、沢山いるよ。今のアイルちゃんの力じゃどうしようもないくらいの化物がね」

――でも。

「私の弟子になるんだから、無理、無茶《むちゃ》、無謀くらいは跳ねのけてみせてよね」

「っっっ」

それは、見たことのないベルお姉さんの顔だった。

僕を試すような顔。僕の内側を覗《のぞ》き込もうとしているような表情。

「今ここに立っているのは、優しいお姉さんとしての私じゃない。アイルちゃんを本気で強くしようとしてる師匠としての私。だから手加減は一切しない」

そしてベルお姉さんは、

「今回、私は絶対に助けに入らない」

ハッキリとそう言い放った。

「そん、な」

「だけど――やり遂げてね。私の弟子なんだから」

最後に言い残すと、ベルお姉さんは本当にいなくなってしまった。残像だけを残して一瞬で消えてしまった。

そして、この場は僕とシティさん二人だけになる。魔獣の森のど真ん中で二人きり。

「はあ。結局いつも通りの師匠でしたね」

最初に動き出したのはシティさん。

呆気《あっけ》にとられて動けない僕の傍《そば》に歩み寄り、ジッとこちらの瞳を覗《のぞ》き込んでくる。

「本当に、アナタがこの森を一人で抜けられると、師匠は考えているんでしょうか」

「っ」

「まあ、でも、見た目だけでは分からないこともありますよね」

そう零《こぼ》すと、シティさんは腰に差していた短剣を美しい所作で抜き放った。

「今から攻撃するので、避《よ》けてくださいね」

「……え？」

僕は最初、その言葉の意味を理解することができなかった。

しかし、一瞬で狩る側の目になったシティさんを見て、今自分が危険な状況に片足を踏み入れていることを理解する。

「い、いや、ちょっと待ってください！　なんで突然!?　僕、本当にまだ何も！」

「そういうの、いいので。師匠が弟子にするってことは、わたしのようにアナタも何かを見出《みいだ》されたってことですよね」

「し、知りませんっ！」

「いきますよ」

「っっ」

直後、ツ――という音を聞いた。それはきっと刃物が空気を裂いた音。

最後にシティさんの手元で霞《かす》む銀の刃《やいば》を目にし――僕は『死』を受け入れた。

「……死んでいませんよ。もう分かりましたから、目を開けてどうぞ」

「っ、はあっ」

張り詰めていた空気から解放された途端に、肺が正常な機能を取り戻す。

鼓膜まで届く心臓の音。言うことを聞かない足腰。無様を晒《さら》す僕は、涙で滲《にじ》む視界に短剣を鞘《さや》へと戻すシティさんの姿を捉えながらへたり込む。

「その気になれば斬れました。それなのに、ただ震えていただけ。師匠は本当に、アナタの何に魅力を感じているのでしょうか」

気に食わないという顔でそんな言葉を吐き捨て、シティさんは僕に背中を向ける。

「それでは、魔獣に見つかる前にわたしも行きます。生きていたら、いつかまた」

……え?

「ああ、それと、師匠の助けは本当に期待しない方がいいですよ。あの人の口にする『絶対』は、どんな些細《ささい》なことでも命を賭けた絶対なので」

――今回、私は絶対に助けに入らない。

それはさっき、ベルお姉さんが僕へと告げた言葉。

「絶対助けると言ったら絶対に助ける。絶対にやらないと言ったら絶対にやらない。わたしはあの人の口にする『絶対』が破られるところを見たことがない」

それが師匠が主役たる所以《ゆえん》なのかもしれません、と。少女はそう付け足し、歩き出す。

「それに、わたしも助けないので。アナタのこと嫌いですし」

一瞬で遠ざかる背中。惚《ほう》けていたのも束《つか》の間《ま》、僕は慌てて立ち上がってその後を追った。

だけど当然、追いつけるはずがない。必死にしがみつこうとすればするほどから回る。

そして僕は、躓《つまず》き、転び、地面と熱い抱擁を交わした。

「いっつ」

擦りむいた膝に血が滲《にじ》む。

もう嫌だ。このまま座り込みたい。逃げたい。心がそう叫んでいた。

だけど、それでも立ち上がらなくちゃいけない。そうしないと死んでしまうから。何もできない僕は、きっと簡単に命を落としてしまうから。

「うっ、う」

どうして僕がこんな目にあわなければならないのか、と。弱虫な僕が囁《ささや》く。

こんなのあんまりだ。今の僕には何もないのに。今の僕は空っぽなのに。

強靭《きょうじん》な体も、強力な武器も、優れた能力も、誇れる技も、そしてこの困難に立ち向かえる心も、今の僕には存在していないのに。

『師匠は本当に、アナタの何に魅力を感じているのでしょうね』

思い起こされるシティさんの言葉が、弱い自分へと追い打ちをかけてくる。

僕の魅力。僕の武器。僕の才能。そんなの……僕が一番知りたい。

「ぐ、ぅ」

頼りない足腰に力を入れて立ち上がる。弱虫の自分から目を背け、ただ前を向く。

そして。そして――

『ヴヴゥ』

僕の耳は、その唸《うな》り声を確かに拾った。

一瞬で辺りに立ち込める死の気配。うるさいくらいに早鐘を鳴らす僕の心臓。一気に弥《よ》立《だ》つ全身の毛。ガクガクと震えるだけの両足。

『グゥルルル、グゥルルァァアアア!!』

吐き気を抑えるのでやっとの僕は、一度それを目にしてしまえば心が打ち砕かれてしまうと理解しながらも振り返った。

幻聴であってほしいと願いながら、首を回した。

「――ぁ」

しかし、それは無慈悲にそこに佇《たたず》んでいた。

――魔獣【大鬼《オーガ》】

それは、多くの英雄譚《たん》の中で恐怖の象徴として多くの人々から恐れられてきた魔獣。

強固な盾をも貫く一本角に、血に飢えた獣の双眸《そうぼう》。浅黒い色の厚皮を限界まで膨張させている隆起した筋肉。虎をもその腕力で圧《お》し潰す、暴力の化身。

『グルァアアアアアッ!』

僕のような子供がソレに出会ってしまえば最後。死ぬ。

『グルァァァァァァァッ!』

「あ、ひ」

その雄叫《おたけ》びを前にして、僕はみっともなくへたり込んでしまった。

視界を黒く染め上げるほどの恐怖と口の中に広がる涙の味だけに、意識を支配される。

「ひっ……ひぁ」

嗚咽《おえつ》ともとれる乾いた悲鳴を漏らしながら、両手の力だけで後退《あとずさ》る。

目の前でそんな体たらくを晒《さら》す格好の獲物をこの怪物が見逃すはずもない。

怪物は狂喜の笑みをその顔に貼り付けると、ゆっくりと僕に向かって歩き出した。

嫌だ。怖い。来るな。来るな、来るな、来るなッ！

当然……そんな願いは届かない。怪物は、止まらない。

「ひ、ひぃっ！」

もうだめだ。心の底からそう思った。

逃げなきゃ、とか。助けを呼ばなきゃ、とか。そんな選択肢はとうにない。ただ、発狂したくなるくらいの死の気配だけが明瞭に感じられるだけ。

「ぁぁ、ぁ」

僕は、こんな状況に身を置く原因となったベルお姉さんを少し呪った。

同時に、それが八つ当たりだということも理解する。自分が端役《はやく》だと理解した上でベルお姉さんの誘いに乗ったのは、僕自身だから。

でも、それだけ僕は主役になりたかったんだ。なってみたかったんだ。

いくら後ろ指を指されようと、滑稽だと笑われようと、その夢だけは捨てたくなかった。

だけどもうこの先、僕は憧れることすらできなくなる。ここで死んでしまうから。

『ヴゥッ、ルルゥ』

眼前まで迫る巨躯《きょく》。その右手に握られた棍棒《こんぼう》が無慈悲に振り上げられる。

そして僕は、一瞬先の死を悟った。死ぬ覚悟なんてできていない。できるはずがない。

僕はただ洪水のように涙を流す双眸《そうぼう》を限界まで瞠《みは》る。

そして——

「退《ど》いてください」

天使が降り立つようにして現れた純白の背中が、一秒先には僕の命を刈り取っていたであろうその一撃を弾《はじ》き返した。

『ッッ!?』

純白の少女……シティさんは音も立てずに地面に着地する。

眼前にあるのは、あまりにも華奢《きゃしゃ》な後ろ姿。穢《けが》れを知らない雪の妖精を思わせるような後ろ姿。気品と気高さを備えた淑女の佇《たたず》まい。

——【淑姫《しゅくき》】

目の前の背中を見て、僕はようやく彼女がそう呼ばれている理由を理解することができた気がした。

「シティ、さん」

脱力感に身を任せたまま、僕は言葉を紡ぐ。

「どう、して」

助けてくれたのか、と。呆然《ぼうぜん》とした顔で続けようとした僕に向かって一瞬だけ蒼《あお》の瞳を向けると、シティさんはその小さな口を開いた。

「『人の主役としての真価が最も色濃く表れる瞬間』……それは、弱者の立場にありながら圧倒的な理不尽と対峙《たいじ》したとき」

「え」

「師匠がよく口にしている言葉です」

目の前の怪物から目を離すことなく、シティさんは続ける。

「精霊からの恩恵も、他者から伝えられる技も、何一つ手にしていない状態。何の力も享受していないまっさらな状態の時こそ、その人の真価は色濃く現れる。だから師匠は今のアナタにこんな理不尽を押し付けた。そして、試した」

「……」

「わたしも最初、同じようにここに放り込まれました。そして、師匠に直接真価を見定められた。……でも今回、その師匠はいない。代わりにわたしを残して、去っていった」

――それはつまり。

「『気に入らないなら、自分自身でその真価を見定めてみろ』と、師匠はわたしにそう言っているということです」

正面で巨体を起こす怪物。

「だから今、陰から【大鬼《オーガ》】と対峙《たいじ》するアナタを見ていたのですが」

そちらに向き直り、シティさんは言う。

「立ち向かおうとも、逃げようとも、策を巡らせようともせず、ただ座り込んでいただけ」

「っ」

「本当にアナタ——なんの取り柄もないただの臆病者なんですね」

その横顔に苛立《いらだ》ちの色を滲《にじ》ませて少女は駆け出した。

姿がブレるほどの疾走。一瞬で【大鬼】との距離を食い尽くしたシティさんは、流麗と表現するに相応《ふさわ》しい剣舞で敵の視界を埋め尽くしていく。

『グ、ゥウウゥ！』

銀色の剣身によって怪物の巨躯《きょく》へと刻まれる血の斜線。

シティさんは臆した様子など一切見せることなく、その絶望へと立ち向かっていく。

まるで——僕に本物の「真価」というものを見せつけるように。

「ふ、ッ！」

縦。横。斜め。あらゆる角度から繰り出される剣閃《けんせん》が【大鬼】の巨体に叩《たた》き込まれる。

しかし、シティさんの止《や》まない手数に対抗するは強靭《きょうじん》な肉体。致命傷以外の傷などものともせず、怪物も前進する。

「あああああああああああああああああ！」

『ガアアアアアアアアアアアアアアアアア！』

僕は目を限界まで見開いて、その物語の一頁《ページ》のような光景を目にしていた。

そして……不意に気付く。一進一退の攻防を繰り広げる二人を中心に、神秘的な色を宿す発光体が浮かび上がり始めていることに。

もしかして、これは。

「精霊……」

——精霊。

それは、空気のように世界中に満ちている存在。【英雄録】の綴《つづ》り手。

物語の匂いに誘われて、精霊は集う。主役の器に惹《ひ》きつけられて、精霊は集う。

人間の目では捉えることのできない存在。それが精霊。しかし、物語が紡がれようとしている場所でその数が飽和状態に達した時だけ、精霊たちはこうして発光体となって姿を顕《あらわ》すのだ。

「可視化するほどの精霊が、こんなに」

初めて目にする光景に、僕は呆然《ぼうぜん》としていた。

精霊までもがシティさんの物語を目に焼き付けようとここに集まってきている。

その事実に喉を鳴らしながら、僕は眼前の戦いへと意識を戻す――直後。

「ッ、ぎッ！」

怪物が横から繰り出した拳が、シティさんの腹部へと抉《えぐ》り込まれた。

ミシミシという音がこちらまで響いてくる。

「シティさん！」

僕の声は届かない。【大鬼《オーガ》】はその右手に感じた確かな感触に笑みをこぼしていた。そして、追い打ちをかけようと左手の棍棒《こんぼう》を振り上げる。

次の瞬間、これまでで一番の量の鮮血が二人を中心に飛び散った。

『ツッツ、ァァァァァァァアア!?』

絶叫を上げたのは――【大鬼】。

「調子に、のらないでくださいっ」

ぼとり、と音を立てて地面に落ちる怪物の右腕。

肉を切らせて骨を断つ。少女は一撃を受ける代わりに、相手の腕を斬り落としたのだ。

「っ」

そして生まれる致命的な隙。

その隙をシティさんが――【淑姫《しゅくき》】が見逃すことはなかった。

「ッあああああ！」

直後、シティさんの放った一閃《いっせん》が怪物の胴体と首を斬り離した。

6

まん丸の月が顔を出した夜。ふらつきながらもたどり着いた《剣の都》の大門前に、その人は立っていた。

「やっ、お帰り」

「ベル、お姉さん」

震える声で、僕は目の前に立っている人物の名前を口にする。

「お疲れ様、アイルちゃん。待ってたよ」

「……わたしもいるのですが」

「シティは別に待ってなかったよ」

「なっ！」

いつものように冗談を口にするベルお姉さんを見て、僕は地面にへたり込んでしまう。

そして大きく息を吐いた。胸の中に安堵《あんど》の思いが広がっていくのを感じながら。

しかし、

「師匠」

隣に立つシティさんは、僕とは対照的な顔をしていた。

それはまるで「苛立《いらだ》ち」と「不愉快」が混ざり合ってできているような険しい表情。

困ったような笑顔を浮かべるベルお姉さんを前にして、少女は目尻を吊《つ》り上げる。

「コレ、本当に何なんですか」

コレ。そう口にしたシティさんの指が差している方向には……僕の姿。

「命の危険を目の前にしても何もできない。一度怖気《おじけ》付いたら立ち直れない。受け身でいることしかできない。すぐに混乱して冷静な判断ができなくなる。腰の短剣をただのお飾りとしてしか扱えない。そして――」

そこでシティさんは僕に刺すような視線を向けると、

「ここで何かを言い返す度胸だって、ない」

はっきりとそう言い放った。

「今なら、本当に心から言えます。コレは――【迅姫《じんき》】の弟子に相応《ふさわ》しくない」

「う、あ」

シティさんの言う通りだった。

何も言い返せない。「言い返す度胸」どころか「言い返す言葉」すらない。

今の僕に唯一できること。それは、シティさんの言葉と視線に狼狽《うろた》えることだけ。

「……っ」

僕は逃げるようにしてシティさんから目を逸《そ》らし、情けない顔を俯《うつむ》かせる。

「……うん、分かった」

しばらくして、ベルお姉さんは静かにそう言った。

その冷たい声音を纏《まと》った言葉を聞いて、僕は肩をビクンと跳ねさせる。そして悟った。

僕は、唯一僕に期待を寄せてくれていた存在にまで失望を押し付けてしまったのだと。

しかし──

「たかが【大鬼】に傷を付けられる程度の未熟者から見たアイルちゃんの評価は、よーく分かった」

続けてベルお姉さんの口から放たれたその言葉は、僕に向けられたものではなかった。

「っ」

息を呑《の》む音。地面に向いていた僕の目が、後退《あとずさ》るシティさんの影を確かに捉える。

ベルお姉さんの影は、その影に詰め寄るようにして一歩足を踏み出す。

「で、何？　今の自分は【迅姫】の弟子に相応しいって、シティは思っているの？」

「それ、は」

「私は思ってないよ」

「──」

「たかが【大鬼《オーガ》】に傷を負わされる程度の軟弱者を育てた覚えは、私にはない」

息を震わせるシティさんが再び後退《あとずさ》る。しかし、ベルお姉さんも同じように足を踏み出すと、呆《あき》れたように笑ってからシティさんの肩へと手を置いた。

「人のことをとやかく言って粋がる前に、シティには考えないといけないことがあるんじゃない？　例えば、自分自身の現状とかさ」

「……っ」

「もう一度聞くよ？　――今の自分は【迅姫《じんき》】の弟子に相応《ふさわ》しいと、心から思ってるの？」

ベルお姉さんの口にしたソレが、とどめの言葉だった。

「……今日は、帰ります」

きつく噛《か》み締めた歯の隙間から呻《うめ》くような声を絞り出すと、シティさんは踵《きびす》を返す。

そして悔しげな表情のまま去っていってしまった。その背中に弱々しさを纏《まと》って。

「ねえ、アイルちゃん。シティが戦う姿を見て、どう思った？」

やがてその後ろ姿が見えなくなると、ベルお姉さんは僕に向かってそう聞いてきた。

一瞬だけ言葉に窮した僕は、思ったことをありのまま言うべく口を開く。

「……僕なんか一生追いつけないいんじゃないかってくらい、凄《すご》いと思った」

「うん、アイルちゃんは正直者だね。ていうか、ごめんね。今のやり取りの後じゃ、答え辛《づら》かっただろうに」

ベルお姉さんは頬《ほお》を掻《か》きながら、続ける。

「そうなの。あの娘《こ》は特別で、凄い子なの」

だけど——

「あの娘は今、大きな悩みを抱えている」


遡ること一か月。第四章が終わりを迎えてから程なくした頃。

海上都市ウィキペディオにて、新時代の幕開けを祝福する大きな祭典が開催された。

その名も——次世代の祭典。

それは、《種子の世代《第五世代》》候補と呼ばれる主役の卵たちをお披露目《ひろめ》する場。

来る《きた》第五章の担い手となるであろう新人《ニユービー》たちのためだけに用意された舞台。

祭りの主催者であるシンボル家は、世界中で今最も注目を浴びている六人の新星たちをその祭典へと呼び寄せた。

「シティはその六人の内の一人に選ばれた。……いや、私が主催者に掛け合って、無理やり選ばせた」

「え」

「『【迅姫】の弟子だから』って理由で勝手にねじ込んだの。周囲の反対を押し切ってね」

「は、反対？」

首を傾《かし》げる僕を見て、ベルお姉さんはニヤリと笑った。

「そう。だってその時のシティは──私が剣を握らせてからたった三か月しか経《た》ってない、ただの町娘だったから」

「な……」

言葉を失う僕を見てベルお姉さんは続ける。

「そして、シティを含めたその六人は、世界最強の六人への挑戦権を得た」

「せ、世界最強の六人……」

「そう。知ってる？」

「えっと、多分」

──【《六大称号《タイトル》》】

それはこの世で最も誉れ高いと呼ばれている六つの肩書きの総称。

【《朱王《すおう》》】【《蒼皇《そうこう》》】【《黄帝《こうてい》》】【《翠聖《すいせい》》】【《黒将《こくしょう》》】【《白姫《はくき》》】

世界にたった六つしか存在していないその称号を冠する者たち。

六つの頂の一つを名乗ることを許された六人の主役たち。

それが世界最強の六人──六雄。

「その人たちのこと……？」

「そう！　ちなみにわた──」

「ベルお姉さんもその内の一人」

被《かぶ》せるようにして言うと、ベルお姉さんは口を尖《とが》らせながらジトとこちらを見てきた。

「なぁーんだ、知ってたんだ」

「う、うん」

六雄の一人。【《六大称号》】の一つである【《蒼皇》】の保持者。

それが――【迅姫《じんき》】ベルシェリア・セントレスタ。

「……というか、この世界ではそれを知らない人の方が珍しいと思う」

僕の言葉を聞いたベルお姉さんは「そう？」と首を傾げると、「ま、それはいいか。話を戻すね」と言って続けた。

「私たち『六雄の六人』とシティたち『次世代の六人』は、そういった経緯で戦うことになったの。先鋒《せんぽう》、二陣、三陣、四陣、副将、大将に別れて、それぞれ一対一で」

それは「《再来の世代《第四世代》》代表」と「《種子の世代《第五世代》》候補」の戦い。

それは「上座に座る者」と「下座に座る者」の戦い。

それは「最強の六人」と「期待の六人」の戦い。

それは「黄金世代」と「新世代」の戦い。

当然、次世代側から勝利者が出るかもしれないなどと考えている者はいなかった。

所詮は子供だ。激動の第四章を生き抜いてきた六雄たちを超えることなどできようものか。誰もがそう思っていた。

——しかし、

「たった一人だけいたの。次世代側に、その無茶《むちゃ》をやってのけた子が」

「え……」

心の中で「もしかして」と呟《つぶや》きながら唾を飲む。

ベルお姉さんはそんな僕を見て「分かっちゃった?」と笑いながら口を開いた。

「そう、それがシティ」

「っ」

「先鋒《せんぽう》として戦ったシティは【《白姫《はくき》》】の名を持つ六雄の一人を破って、その称号を奪い取った」

そして誕生したのが、最年少称号保持者——【淑姫《しゆくき》】シティ・ローレライト。

「あの子は、剣を握ってたった三か月で、世界中から期待を寄せられる少女になったの」

「シティさんが……」

僕は半ば呆然《ぼうぜん》としながらその話を聞くことしかできなかった。

自分の姉弟子がどれほど埒外《らちがい》の存在であるのかを思い知らされる。彼女との間にある差の大きさを突き付けられる。そして……僕なんかにその少女の敵手《ライバル》という役割を担うことができるのか、と。臆病者の自分が頭の中で零《こぼ》した囁《ささや》き声を聞いた。

「だけど——その後、私にも予想できていなかったことが起こった」

ベルお姉さんが纏《まと》う雰囲気が一変する。

僕は引きつる喉をなんとか動かして「予想、できていなかったこと？」と返す。

するとベルお姉さんはコクリと頷《うなず》いて、

「シティは、心が押しつぶされてしまいかねないほどの不調《スランプ》に陥ったの」

表情に悲痛の色を滲《にじ》ませながら、その真実を告げた。

「凄《すさ》まじい重圧。過度な期待。途絶えることのない視線。あの子は、それら全てを真正面から受け止めようとしたの。受け止めて、その全てに完璧に応えようとした。周りが期待する通りに、周りの期待を裏切らないように、って」

「……」

「そして気付くと、本当の自分が分からなくなっていた」

「っ」

「そこにあったのは本当の自分じゃなくて、人々の期待によって作り上げられた偽りのシティ・ローレライトだった」

未成熟で未発達な少女は、その期待に耐えることができなかったのだ。町娘としての生き方しか知らなかった少女は、その突然の変化に追い付くことができなかった。

——少女は何よりも誉れ高い称号の代わりに、本当の自分を失ってしまった。

「あの子もきっと気付いている。自分自身のあり方が間違っていることに。でも、人々はそれを否定しない。そのあり方が間違っていようと、期待を乗せて全てを肯定してくる。まるで女神さまを崇《あが》めるみたいに」

そして今も、少女はその歪《ゆが》みの中で壊れていっている。

心に生じた真っ黒な染みを広げ続けている。

「……っ」

視線という名の針に刺されることで生じる痛みは、人一倍理解しているつもりだ。

思い起こされるのは昨日の苦い記憶。僕は凱旋《がいせん》道の上で嫌というほどそれを味わった。

……シティさんは、それ以上の痛みに蝕《むしば》まれ続けているのだ。いつ、どこにいても。

それはきっと、僕なんかには想像もできないほどの苦しみ。

「人や精霊から期待を向けられるほど、あの子の心は縛りつけられていく。シティ・ローレライトは苦しめられていく」

「……」

「だから——」

その時、不意に風が吹いた。

「そんな呪縛から解き放ってくれる存在が、あの子には必要なんだ」

そして髪を風に靡《なび》かせるベルお姉さんは、僕の目を真《ま》っ直《す》ぐに見てそう言った。

僕に「私の弟子にならない？」という話を持ちかけてきた時と、全く同じ表情で。まるでその『呪縛から解き放ってくれる存在』というのが、僕なのだとでも言いたげに。

「は」

一瞬、息の仕方が分からなくなった。頭が真っ白になった。

僕がそんな役目を？　臆病者のアイル・クローバーが、そんな大役を？

いや、いやいやいやいや。何を言っているんだ、この人は。そんなの——無理に決まってる。できない。できるはずがない。僕なんかが、そんな役目を果たせるわけがない。

僕はベルお姉さんの視線から逃れるように俯《うつむ》く。正面から目を逸《そ》らさずにはいられない。

「僕には……できない。シティさんよりずっと弱くて、なんの才能も持ってない僕に、そんな役目が務まるなんて、思えない」

そして弱音を吐いた。臆病な僕の心からの言葉を紡ぐ。

「そもそも、どうして僕なんかにそんな役目を」

「それは、アイルちゃんがあの娘《こ》と正反対の存在だから」

「っ」

ベルお姉さんは考える間を挟むことなく答えた。そして淀《よど》みの一切ない声で続ける。

「今のアイルちゃんは、シティの正反対の位置にいる存在。誰からも期待されている【淑《しゆく》姫《き》】とは違って、誰からも期待されていない存在」

——誰からも期待されていない。

その言葉を聞いて、昨日自分が晒《さら》した凱旋《がいせん》道の上での失態が鮮明に思い起こされる。注がれる軽蔑の視線。真っ白になる脳内。喉からせり上がってきた嘔吐《おうと》物の嫌な臭い。

そう、その通りだ。ベルお姉さんも分かってるじゃないか。今この都で最も期待されていない存在は、きっと僕。この顔に張り付いた『恥さらし』の仮面を見て笑わない人なんていない。いないいんだ。

「いい? アイルちゃん」

更に俯《うつむ》く僕を見て、ベルお姉さんは口を開いた。

「人っていうのは、誰もが補い合って生きてるの。時には支え合い、時にはぶつかり合い、それらの過程を繰り返していくことで原石は玉へと磨かれていく」

「ぎょ、く」

「そう。……キミたちは正反対の存在だ。だからきっと、お互い他の誰とよりも素直にぶつかり合える。あの娘《こ》の隣に居るべきなのは——アイルちゃんなんだよ。アイルちゃんしか、いないんだ」

そう言い切ると、ベルお姉さんは僕の頬《ほお》を両手で挟んできた。

そして視線を無理やり絡ませると、真剣な面持ちで言った。

「そんなアイルちゃんに、私だけは誰よりも期待してる」

「――」

沈み込んでいた僕の心を掬《すく》い上げるようにしてベルお姉さんは告げる。

冷めきっていたこの身体《からだ》にゆっくりと熱を注いでゆくようにして言う。

「私を守れる主役になる前に、あの娘を救ってあげて」

「っ……っ」

正直に言えば、自信はない。僕にそれができるとは思えない。

でも……ベルお姉さんが「期待してる」と言ってくれるのなら、僕はベルお姉さんが信じてくれる自分を信じないといけない。信じたい。

「……わかった」

僕はベルお姉さんの目をしっかり見返して言う。そして、覚悟を決めた。

強くなる。強くなってみせる。本当に誇れる自分になれるように。

そして、助けを求める一人の少女の隣を歩いてあげられるように。

――弱い自分を、変えてみせる。

僕は心にそう誓い、歩き出した。

A HEROIC RECORD
FOR YOU

第二章『試練』

1

修行、鍛錬、訓練、稽古。

主役を夢見る少年たちは、その単語一つ一つに胸の高鳴りを覚えずにはいられない。

それは物語の醍醐味《だいごみ》で、物語の進行において欠かせないものだから。

「いい？　この世の殆《ほと》んどは力があれば解決する。地位も名声も、それらを捩《ね》じ伏せるだけの力さえあれば全てがひっくり返る。ならその力とは何か。それはズバリ――速さだよ！」

ベルお姉さん――師匠のその一言から、僕の修行は幕を開けた。

僕たちが今立っているのは、精霊樹の庭と呼ばれている場所。ここ《剣の都》の七分の一を占めるほどの広大さを誇る巨大な庭園だ。

精霊樹と呼ばれる広葉樹がそこかしこに植え付けられていることから、ここはそう呼ばれている。聞いた話によるとその樹の数は数百本にも及ぶらしく……もはやここは庭園というより森と呼ぶ方が正しいのかもな、なんてことを思ったり。

「じゃあアイルも復唱して。強さとは速さ、ハイ！」

「強さとは速さ！」

そしてその庭園の一画で、僕と師匠は向き合って立っていた。

「相手がどれだけ強かろうと、それを凌駕《りょうが》する速さがあれば負けない。少なくとも、私はずっとそうだった」

故に師匠は【迅姫《じんき》】と呼ばれている。

「だから私は何よりも速さという一点を優先してモノを叩《たた》き込む。いいね？」

「はい！　強さとは速さ！」

「よし良い返事！　流石《さすが》はアイルちゃ――アイル！」

ちなみにこの鍛錬を始めるにあたって、お互いに「アイルちゃん」「ベルお姉さん」呼びを改めることになった。これからはちゃんと「師匠」と「弟子」の関係でお互いを意識し合っていくためだ。

「よし、それじゃあ速さを磨き上げるための試練を一つ、これからアイルに与えるね！」

「は、はい！」

「まずはお手本として私が実演してみせるから、アイルはそこでしっかり観察してて！」

師匠はそう言うと一本の精霊樹の傍《そば》へと歩み寄っていく。そして幹を目の前にして立ち止まると、腰の短剣をスラリと引き抜いた。

僕はゴクリと唾を飲み下し、その一挙手一投足を視線で追う。

――直後。蒼銀《そうぎん》の髪を翻《ひるがえ》した師匠が、精霊樹の幹へと神速の蹴りを打ち込んだ。

「わっ」

ズンと重苦しい音を立てて揺れる精霊樹。

その衝撃を受けてひらひらと宙を舞い始める精霊樹の葉。

「ふ――」

跳躍。師匠の姿が一瞬にして精霊樹の傍から掻《か》き消える。そして、幾条もの銀閃《ぎんせん》が視界いっぱいに広がった。

「うっ」

刃物が空気を切り裂く音。巻き上がった土のにおい。顔を叩きつけてくる風。そのあまりの激しさと眩《まぶ》しさに僕は目を瞑《つぶ》ってしまう。

どれだけの時間目を閉じていたか。一秒？　五秒？　分からない。

バクバクと肋骨《ろっこつ》を叩いてくる心臓の音を聞きながらまぶたを持ち上げる。すると――すぐ目の前に、師匠の顔があった。

「ばっ！」

「うわっ！」

突然の出来事に思わず仰《の》け反りそうになってしまう僕。

師匠は悪戯《いたずら》を成功させた悪童のような顔で笑うと、髪を手ぐしで整えながら開口した。

「三四まーい」

「へ？」

「どうだった？」

「ど、どうって……僕にはなにがなんだか」

「だよねぇー」

師匠は「あはは」と笑ってその場へとしゃがみ込む。そして「アイルもほら！」と言いながら腕をぐいぐいと引っ張ってきた。僕は慌てて師匠の言葉に従う。

「はい、これを見て」

目の前でそう口にする師匠の指の先にあったのは、落ち葉。精霊樹の葉っぱ。

「この落ち葉が、どうかしたんですか？」

「持ち上げてみて」

師匠がなにを伝えたいのか全く理解できていないまま僕は頷《うなず》く。

瑞々《みずみず》しさの残る葉っぱ。それを恐る恐るつまみ上げ、

「……あ」

驚きの声を漏らした。

葉が真っ二つに斬られていたのだ。それも、綺麗《きれい》に。その断面は誰の目から見ても一目瞭然なほど一直線。

まさかと思い、近くに落ちている他の葉も試しに持ち上げてみる。すると、それも綺麗に真っ二つにされていた。

更に他の葉も、更に更に他の葉も、落ちている全ての葉が同じように両断されている。

「も、もしかして……斬ったんですか？　今落ちてきた葉を全て」

「せーいかーい！　それも一枚一枚しっかりと斬ったよ」

呆気《あっけ》にとられる僕に向かって、師匠はいつもの調子でそう答える。

「アイルに課すのはこれ。落ちてくる葉を斬る修行。最初は一枚からで良い。そこから着実に二枚、三枚、四枚と斬れる枚数を増やしていって、いつかは私みたいにできるようになってもらいます！」

誇らしげな顔で言う師匠を前にし、僕は息を呑《の》んでから姿勢を正した。

そして勢いよく頷きを返そうとして……やめる。

――いつかは私みたいに。師匠はそう言うけど、僕には想像することができないのだ。

たった今師匠が見せてくれた神業を習得している「いつかの自分」の姿を。

これは師匠だけじゃなくてシティさんを相手にしても同じことが言える。

そう、二人とも――あまりに人間離れし過ぎている。

筋力、敏捷性《びんしょうせい》、耐久力、動体視力。それら全てが人間の域に収まっていない。僕のようなただの人間に二人のような動きを再現できるとは、到底思えない。

「……」

僕は口を噤《つぐ》んで俯《うつむ》く。するとそれを見ていた師匠は、笑った。

「アイルは分かってるみたいだね。普通の方法では、私たちみたいにはなれないって」

言って、師匠はバッグの中をごそごそと漁《あさ》りだす。

「大丈夫。アイルも私たちみたいに、人間離れしたチカラを引き出すことができる」

「えっ」

そして取り出した何かを、僕の目前へと突き付けてきた。

「じゃーん！　これ、なーんだ」

それは、人間の眼球くらいの大きさのガラス玉だった。

「これ、なーんだ！」

黙ったままの僕を見て、再びそう問いかけてくる師匠。

「えっと、ガラス玉？」

「ぶーっ！」

「ち、小さい【収納結晶】？」

「ぶーっ！　違います！　でも惜しい！」

「……分かりません」

降参すると、師匠は「じゃあ、答え！」と言って口角を持ち上げた。

「これは――【精霊結晶】」

「せいれいけっしょう？」

師匠の口から飛び出してきたのは、聞き馴染《なじ》みのない単語。

「そう、精霊の涙が固まってできた結晶。人が人の境界線を越えるために必要なモノ」

「なる、ほど……？」

「これを、アイルにあげます！」

言うと、師匠はその結晶を投げた。

「え、わっ」

放物線を描いて胸元に飛んできたソレを僕は慌てて掴《つか》む。その結晶に指で触れる。

――直後、視界に生じた急激な変化に思わず目を見開いた。

「うわっ！　なに、これ！」

赤青黄と様々な色の光の粒子が、師匠を囲むようにして浮かんでいたのだ。

可視化した精霊？　……いや違う。シティさんが【大鬼《オーガ》】と戦っていた時に見えた精霊の光とは少し違う。似ているけど、これはなんていうか、もっと薄い。

「見えるようになった？」

「う、うん。これは……？」

「これはね――【祝福《ファンファーレ》】」

――【祝福《ファンファーレ》】

それは、精霊からの『喝采』であり『礼讃《らいさん》』。

成長を遂げた者。勇気を示した者。偉業を成した者。

そんな人々に向けて精霊たちから贈られる賞賛。強くなるために必要不可欠なもの。

小さいことならゴミ拾いからでも良い。どんなことでも精霊の目に留まった行動は賞賛される。そして、その賞賛は【祝福《ファンファーレ》】となってその人へ降り注ぐ。

偉業を打ち立てる。強大な魔獣を討ち倒す。前人未踏の地に踏み入る。その行動がより困難なものであればあるほど、精霊から贈られる【祝福】の量は膨大になってゆく。

そしてそれらを体内に取り込むことで――己の潜在能力が引き出されていく。

「つまり【祝福】っていうのは『チカラの養分』ってことになるね」

師匠は、そう説明してくれた。

「今、この場に満ちている【祝福】は、さっき私が落ち葉斬りで力を示したことよって生じたもの。まあ、力を示したって言っても今の私にとってはもうなんてことないことだったから、【祝福】の濃度はそこまで高くないんだけど。そして――」

師匠は僕が持っている【精霊結晶】を指差して、続ける。

「【祝福】を体内に取り込むための媒体として必要となるのが、コレってわけ」

「ばいたい」

「そ。他には『入口』や『中継役』なんて言葉にも言い換えることができるね」

説明しながら、師匠は自分の太ももに装着していた足の装身具《アンクレット》を取り外した。

「これが私の【精霊結晶】！」

そしてそのアンクレットを僕の頬《ほお》へと押し付けてくる。

まだ人肌の温《ぬく》もりが残るそのアンクレットには、この世のものとは思えないほどの美しさを誇る一つの結晶が埋め込まれていた。

その色は、紅。気を抜くと吸い込まれてしまいそうになるほど深い紅色。

その輝きに、僕は思わず見入ってしまう。

「綺麗《きれい》でしょ？　これが私の【精霊結晶】。最初はどの【精霊結晶】もアイルに渡したのみたいに無色透明なんだけど、【祝福】の『通り道』としての役割を果たせば果たすほど、その色は持ち主の魂の色に深く染まっていくんだ」

説明を耳にしながらも、僕の視線は師匠の【精霊結晶】に釘付《くぎづ》けにされたままだった。

しかし、いつまでもそうしているわけにはいかない。

その色をしっかり目に焼き付けると、僕は名残惜しさを感じつつもその【精霊結晶】を持ち主である師匠へと返した。師匠は困ったような笑みを浮かべながらアンクレットを受け取ると、それを太ももに装着し直して「じゃあ見てて」と口にする。

すると、突如辺りに充満していた【祝福】が生き物のように動き出した。

「うわっ！」

それらは融《と》け合って一つの流れになると、師匠の【精霊結晶】へと収束していく。

僕にも分かった。今まさに【精霊結晶】は辺りに充満している【祝福《ファンファーレ》】を師匠の体内へと送り込んでいるのだと。

「ふうーっ」

しばらくして周囲の【祝福】を取り込み終えた師匠は、力こぶを作って笑う。

「これで、今ここら一帯にあった【祝福】は力となって私に蓄積されました！　私たちはこの儀式を何度も繰り返して強くなってきたんだよ」

「な、なるほど」

そうだったのか。

「あと【精霊結晶】は、身体《からだ》のどこに着けるかも大事になってくるの。例えば——」

腕輪にして身に着けると『腕力《筋力》』を軸とした力が身についていく。

指輪にして身に着けると『指力《器用》』を軸とした力が身についていく。

首輪にして身に着けると『頭力《賢さ》』を軸とした力が身についていく。

師匠のように足輪にして身につけると『足力《速さ》』を軸とした力がついていく。

「私のお勧めはもちろん『足力』特化！」

「そくりょく？」

「そ。アイルには私みたいなスピードスターを目指して欲しい。ということでハイ！」

差し出された師匠の手に握られていたのは、師匠が着けているのと同じアンクレットだった。どうやら、僕に選択権はないみたいだ。

でも、別に文句はない。どうせ最初から師匠の言う通りにするつもりだったから。

「持ち主の詳しい力量は【精霊結晶】の色の深さや硬さを見ることで測ることができるんだけど、それについてはまた今度説明するね」

「は、はい！」

「よーし、じゃあ暫《しばら》くは【精霊結晶】を馴染《なじ》ませる意味も込めて、こっちの精霊樹《ししょう》のもとで葉斬りの訓練を頑張ること！　そうだなー、とりあえず期間は一か月！　一か月でどれだけ力を伸ばせるか」

言うと、師匠は真《ま》っ直《す》ぐにこちらを見て笑った。

「楽しみにしてるよ、アイル！」

2

「ふ、ふ、ふッ！」

僕の一日は素振りから始まる。

より速く、より鋭くを意識して短剣を振るう。

片手持ち、両手持ち、順手持ち、逆手持ち、振り下ろし、振り上げ、横薙《よこな》ぎ。その素振りに型はない。

『剣を振るう際には質より量を意識すること』

師匠の教えが頭の中で再生される。

『相手の動きに合わせて、瞬時にどれだけより多くの手数を繰り出せるか。そのために素振りは欠かせないものだよ。どんな動きにでも対応できるよう、素振りの中であらゆる動きを身体《からだ》に染み込ませておくこと』

そう言って、最初に師匠は素振りの手本を見せてくれた。僕は目に焼き付いたその剣をなぞるようにして毎朝短剣を振るっている。

体捌《たいさば》き、腕捌き、脚捌き、剣捌き。全てを意識し、動きを研ぎ澄ましていく。

精霊たちはそんな僕を褒めるように、毎日少しずつ【祝福《ファンファーレ》】を送ってくれていた。それはアンクレットの【精霊結晶】を介して僕の体内へと蓄積されていっている。

「朝ごはんの支度ができましたよ」

「あ、はいっ、今行きます！」

宿の女将《おかみ》さんから声をかけられたことで、僕は素振りに区切りをつけることにした。剣を収めて、急いで庭を後にする。

ここは『鈴の宿』という名の宿屋。【氷霊】のギルドが経営している宿だ。

この都に来てから既に約半月。僕はこの宿を拠点として活動していた。

ちなみに、【氷霊】のギルドの一員なら半額で利用できるこの宿を、僕は【氷霊】のギルドの一員でもなんでもないのにタダで利用させてもらっている。『【迅姫《じんき》】ベルシェリア・セントレスタの弟子』という肩書きがあるためだ。

……うん。なんだか申し訳ない気もするけど、ここで意地を張ってもどうにもならない。僕にできるのは、このモヤモヤとした気持ちも活力に変えて修行を頑張ることだけ。

「それにしても、そんなのよく食べられるねえ。それも毎日」

料理を前にする僕に向かって女将さんが言う。

獣の肝。女将さんが口にした「そんなの」とは、これを指しているのだと思う。

「あ、あはは」

下手くそな笑みを返すだけに留《とど》めるが、本当は「僕だって食べたくないです」と叫んで逃げ出したい気持ちでいっぱいだった。

『修行を始めるにあたって、アイルには二つの制約を課すね』

にっこり笑う師匠の顔と共に、その口から告げられた数日前の言葉が脳裏に蘇《よみがえ》る。

まず、一つ目の制約——歩いてはいけない。移動は常に全力疾走で行うこと。

常に全力疾走。これは、常に「速さ」や「速力」といったものを意識するため。

そして、二つ目の制約——毎日毎食、普通の食事に加えて獣の肝を摂取すること。

獣の肝を摂取する。これは、僕の身体に筋肉の土台を作るため。なんでも、今の僕には健全な筋肉が全くといっていいほどついていないらしいのだ。

今の状態の筋肉に過度な負荷を与え続けてしまうと、体格が歪《いびつ》な形になってしまいかねない。そういうわけで、この制約を課されることになった。

「う……っ」

プーンと生臭い臭いを放つソレを前にして、眉根を寄せる。

獣の肝というものは本来なら捨てられてしまうものだ。味に少し問題があるから。……いや、はっきり言おう。耐えられないほど不味《まず》いから。

しかし、筋肉をつける上で獣の肝よりも優れている食物は存在しない。筋肉の土台を作るための食物として、獣の肝以上に適したものはない。……師匠はそう言っていた。

だから僕は毎回吐きそうになりながらも、残さずにちゃんと平らげているのだ。いつかこの肝が、鋼のような筋肉に変わってくれると信じて。

「うぷ、じゃあいってきます！」

朝食を平らげた後、僕は宿から飛び出した。

そして精霊樹の庭への近道である路地裏を駆け抜ける。

散乱するゴミ、倒れる酔っ払い、横切る猫。進路上の障害物を躱《かわ》しながら僕は加速していく。もしかすると、これも鍛錬の一つと言っても良いのかもしれない。

「ごひゃくろくっ、ごひゃくなな、っ」

――五〇八。頭の中でそう数えるのと同時に僕は精霊樹の庭へと足を踏み入れた。

五〇八秒、新記録だ。それも前回より一〇秒も速い。

「はあっ、はあっ、やった」

周囲に生まれた微量の【祝福《ファンファーレ》】を受け取りながら、僕は庭園の中を駆けていく。

そして精霊樹を視界に捉えると同時に、気を引き締めた。

木の葉斬りの試練開始からはや一〇日。正直に言うと……僕はかなり苦戦している。

最初は順調だった。一日一枚ずつ、確実に斬れるようになっていっていた。

しかし、訓練を始めて八日目。僕は壁にぶち当たることになる。

何度挑戦しても八枚目を斬ることができなかったのだ。翌日、九日目も結果は同じ。

七枚目と八枚目の間に壁があった。どうしても七枚という記録を上回ることができない。

今、僕はその壁の前で足踏みをしている。

どうしよう。どうすれば。そんな焦燥にまみれた思いを胸に迎えた今日。

立ち止まった僕は、様々な考えを巡らせながら精霊樹を仰ぐ。

「――来ましたか」

そして、その幹の陰に先客がいることに気が付いた。

視界のどこにあっても一瞬で目を引かれてしまうような純白の髪。穢《けが》れを知らない天使のような空気を纏《まと》った少女。

見紛《みまが》うはずもない。僕の姉弟子――シティさんだ。

「っ……」

『今なら、本当に心から言えます。コレは【迅姫《じんき》】の弟子に相応《ふさわ》しくない』

先日、目の前の少女から浴びせられた言葉を思い出してしまい、身体《からだ》が強張《こわば》る。

何も言えずにいる僕を見て首を傾《かし》げると、シティさんは眉根を寄せながら開口した。

「なんですか」

「……え、あ、いや」

詰め寄ろうとするシティさんに、尻込みする僕。

凸凹《でこぼこ》の両者の間に気まずい空気が流れる。

僕の態度が気に入らなかったのか、シティさんの顔が段々と不快の色に染まっていく。

その表情を見てビクッと肩を震わせた僕は、相手の機嫌をこれ以上損ねないようにと下手くそな笑みを浮かべた。

「ツッッ」

直後。歯が食い込んだシティさんの唇から、ツと血が流れる。

「だからッ、仮にも【迅姫】の弟子を名乗っているのなら、そんな情けない顔……ッ！」

怒りの感情を孕《はら》んだ少女の声とともに、腰に差してある短剣の柄が握られる。

そしてシティさんは感情のままに剣を抜き放とうとし――

「っ」

ハッという顔で動きを止めた。

「……すみません」

「あ、いや……は、い」

僕は肋骨《ろっこつ》の内側を叩《たた》いてくる心臓の音を聞きながら返事をする。

彼我の間に流れる沈黙。どちらも口を開こうとせず、ただただ立ち尽くすのみ。

しかしその静かな数秒は、僕たち二人を冷静にさせた。混乱していた僕も、頭に血が上っていたシティさんも、大きく息を吸って頭を冷やすことができた。

「……師匠から聞きましたよね、わたしについて」

しばらくして、先に沈黙を破ったのはシティさんだった。

「え、あ……はい」

僕はできるだけ動揺を抑えながら頷《うなず》きを返す。

聞いた。覚えている。まるで昨日のことのように思い出せる。

それは、期待に殺された一つの才能についての話。期待という鎖に縛り付けられている少女の話。

「滑稽な話だと思ったでしょう？　あれだけアナタを下に見て端役《はやく》扱いしていたわたしが、期待なんてものに怯《おび》える程度の弱い存在だったと知って」

「い、いえ」

「……本当は『【迅姫《じんき》】の弟子でいるための条件』について語る資格なんて、わたしにもないんですよ。わたし自身が、こんな出来損ないなので」

絞り出すようにしてそう零《こぼ》すシティさんの姿は、ひどく弱々しく見えた。それに、少しでも触れてしまえば崩れ去ってしまいそうになるほど幼い。

これが、新しい時代の先頭という役目を背負わされた少女の本当の姿。【《白姫《はくき》》】なんていう立派な冠を頭に乗せられた主役の佇《たたず》まい。

僕はそんな彼女を見て……同情しそうになった。

慰めの言葉を口にしそうになった。

だけど——それでは僕も、彼女を縛る鎖の一つになるだけだ。

師匠が僕に望んだのはそんな役割じゃない。それじゃあ、きっと駄目なんだ。

「だから、今日は謝りに来たんです。この前、偉そうにアナタを否定するようなことを何度も口にしたことを」

震える声で言うシティさんの前で、思い出す。

——キミたちは正反対で、凸凹《でこぼこ》だ。

——きっとお互い、他の誰とよりも素直にぶつかり合える。

——あの娘《こ》の隣に居るべきなのはアイルちゃんなんだよ。

――アイルちゃんしか、いないんだ。

あの日、あの時。師匠が言っていた言葉を思い出す。

「っ」

そうだ。報いるんだ。師匠の期待に応えるんだ。

僕は自分にそう誓った。なら、今ここで僕がしなければならないこと。それは――ただ黙っていることじゃ、ないだろう？

「この前は、すみませ――」

「いいですっ！」

頭を下げようとしていたシティさんの声に被《かぶ》せるようにして、僕は叫んだ。

「……はい？」

「謝らなくて、いいですっ！」

シティさんのきょとんとした顔に向かって、再び叫ぶ。

「代わりに、僕も言いたいことをハッキリ言わせてもらいます、っ」

思い切ってそう口にすると、僕はシティさんの反応を待つことなく大きく息を吸った。

これから口にしようとしている「らしくない言葉」に、心臓が早鐘を鳴らし始める。

言うぞ。言うんだ。言う、言う、言う、言う……言え！

「――シティさんは自意識過剰すぎるんですよっ！」

「なっ」

想像もしていなかったであろう僕の返答に、シティさんは目をあらん限り見開いた。

かまいやしない。僕は自分を奮い立たせて、続ける。

「人に期待されすぎて全力が発揮できなくなった？　そんなっ、なに自分に酔っちゃってるんですか！　自分が滑稽？　僕なんて見てくださいよ。人から向けられるのは期待なんてものとは程遠い視線や言葉だけですから！　だぁ――――っれも僕になんか期待しちゃいない！　それでも主役のようになりたいという一心だけで生きてるんですよ。こうやって頑張ってるんですよっ！」

最初こそ何か反論したそうに顔を赤くしていたシティさんだが、僕が言葉を紡いでいくにつれて真剣な顔になっていった。

だから、僕は「ごめんなさい」と「届け」を心の中で交互に繰り返しながら続ける。

「それに比べてシティさんの主役への憧れって、期待なんかに潰されてしまう程度のものだったんですか？」

その言葉に、シティさんはピクリとその眉を震わせた。

好き勝手言う僕に、「何も知らないアナタに何が分かるんだ」って返す権利くらい、シティさんにはある。しかし、シティさんはそれを口に出さない。口を噤《つぐ》んだまま。

そんなシティさんに向かって、僕は更に追い打ちをかけるべく口を開く。

これまでで一番の量の空気を吸い込んで、叫ぶ

「そうやって余計なことばかり考えて立ち止まっているようなら——僕がっ、ベルお姉さんごとその期待を全部掻《か》っ攫《さら》ってやりますからっ！　今に見ていてくださいよ！」

息を荒くしながら、僕は全てを言い切った。

酷《ひど》いことを言ってしまっただろうか。不快な思いにさせてしまったかもしれない。

僕は顔を上げずに、シティさんの返答を待った。

そして——

「アイル」

耳に届いたのは、僕の名を呼ぶ声だった。

初めて呼ばれた名前。僕は驚いて、顔を勢い良く上げる。

するとそこにあったのは、精霊すらも一瞬で恋に落ちてしまいそうなほど魅力的で可愛《かわい》らしいシティさんの笑顔だった。控えめで、淑《しと》やかな笑顔。

僕は息の仕方すら忘れてその顔に見入ってしまう。

そんな僕を見て、シティさんは言った。

「ありがとうございます」

「っ」

「わたしも、負けません」

――ようやく僕は、目の前の姉弟子から弟弟子と認められたのではないか。競い合う相手として認められたのではないか。

目の前にあるシティさんの顔を見て、言葉を聞いて、僕はそう思った。

「一〇〇日」

「え?」

「わたしが師匠の弟子になってから【《白姫《はくき》》】の称号を手にするまでに要した時間です」

純粋な笑顔から一転して悪戯《いたずら》っぽい笑みを浮かべるシティさんは、僕の目の前に手を差し伸べながら言う。

「一〇〇日で、わたしと競えるくらい強くなってみせてください」

「……ひゃくにち」

「はい。そして、一〇〇日後のアイルには――わたしと決闘をしてもらいます」

「へ?」

け、決闘?

「ここは《剣の都》……剣を用いての決闘が合法的に認められている場所です。成長したアナタがその実力を示す手段として、これ以上に最適なものはありませんから」

「そ、そうですかね……」

「はい。それに――なんだかこういうのって、敵手《ライバル》同士って感じがしていいでしょう?」

「っ」

敵手。ハッキリとそう口にしたシティさんを見て、僕は目を瞠《みは》る。

胸に灯《とも》る熱い炎。高鳴る鼓動。ピンと伸びる背骨。そして震える口を開いて、

「はいっ！」

これまでで一番大きな声で、そう返した。

「期待してますよ」

「――」

それは、僕がベルお姉さん以外から初めて受け取った期待の言葉だった。

その相手は、よりにもよって誰からも期待されている少女。

一つの期待。一つの重み。僕はそれをしっかりと噛《か》み締めながら、シティさんの目を真《ま》っ直《す》ぐに見返した。

3

「――ふっ！」

振るった剣が目の前の精霊樹の葉を斬り裂く。真っ二つになった葉がひらひらと落ちていく光景を見届ける。そして、叫んだ。

「やった――!!」

直後、明らかに過去一番の量の【祝福《ファンファーレ》】が辺りに降り注いだ。

僕は【精霊結晶】を介してその【祝福】を取り込みながら、チカラの養分が身体《からだ》に沁《し》み込んでいく感覚を噛《か》み締める。

木の葉斬りの試練開始から一五日目。

――二〇枚。それが、今僕が更新した新しい記録だった。

「やるじゃないですか。あれからたった五日で」

そう口にするシティさんに水の入った革袋を投げ渡される。僕は慌ててそれを受け取ると、お礼を言ってから続けた。

「シティさんの助言がなかったら、今も一人で思い悩んでいたと思います」

五日前から、シティさんは時々僕のもとに足を運んでくれるようになった。そしてお手本を見せてくれたり助言をしてくれたりと、僕の成長を後押ししてくれているのだ。

「ありがとうございました、シティさん。その、色々と」

その蒼穹《そうきゅう》のような瞳を見て、僕はシティさんにしっかりと伝える。

姉弟子は一言「いえ」と返すと、僕の方に背中を向けた。

「それより、師匠に結果を報告しに行きましょう」

そして足早に歩き出した。

遠ざかっていく姉弟子の背中を見て、僕は小さく笑う。これは照れ隠しだな、と。

この五日間で、僕はシティさんという人間が少し掴《つか》めた気がしていた。

口調はいつも冷静だが、実は繊細で感受性が豊か。時には厳しく、時には可愛《かわい》らしい。

人々がこの人を応援したくなる気持ちも、よく分かる。

「待ってください、シティさん！」

僕は思わず笑みを零《こぼ》すと、シティさんの背中を追って走り出した。


シティさんと並んで【氷霊】のギルドの門をくぐる。

すると、聞き慣れた師匠の声はすぐに耳へと入ってきた。

「あーもう！　どうして私にこんな紙と睨《にら》めっこするような仕事させるのさー！　派手な仕事だけ持ってきてよ！　討伐の依頼とか！」

「溜《た》め込んでいなければ済んだ話だ。恨むのなら過去の自分を恨め」

「もう、もっと面白い返しできないの？　カタブツ！」

誰かと言い合いをしている？

嫌な予感を覚えながらその音源へと目を向ける。するとそこにあったのは、明らかに他とは違う存在感を放っている二人の冒険者の姿だった。

一人はもちろん師匠。そしてもう一人は——

「っ」

見覚えのある顔だと思っていたけど……思い出した。

屈強な肉体を纏《まと》う巨躯《きょく》。荒《すさ》んだ錆色《さびいろ》の髪。尖《とが》った眉。そして切れ長の目から放たれているのは凶暴な獣の如《ごと》き眼光。

この都で暮らす中で、その人の偉業はいくつも耳にした。

冒険者を代表するほどの主役たちが集う集団――【氷霊】のギルド。世界の頂点に位置しているそのギルドには、特に秀でた能力を持つ二人の英雄が存在している。

龍《りゅう》と虎。矛と盾。最強と最強。英雄という存在の体現者。

一人は言わずもがな。師匠――【迅姫《じんき》】ベルシェリア・セントレスタ。

そして、それに並び立つもう一人の最強が――【獣躙《じゅうりん》】ガルバーダ・ゾルト。僕がこの都に訪れた日、【氷霊】のギルドの主役たちの先頭に立って凱旋《がいせん》道を歩いていた人だ。

今、師匠の隣にいるのは、まさにその人。

「あ、アイル！　シティ！　良いところに来てくれたよー！　こっちおいで！」

僕たちの姿を視界に捉えた師匠が、こっちに向かって手招きをする。

一気に集まる周囲の視線。僕たちと師匠たちとの間を繋《つな》ぐようにしてできる道。

「行きましょう、アイル」

躊躇《ためら》うことなく歩き出したシティさんの後を追うようにして、僕は足を踏み出す。

そしてすぐに師匠たちの立つ場所までたどり着くが……僕は顔を上げられなかった。

ガルバーダさんの顔に目を向けることができない。その顔を目にすると、凱旋道で惨めを晒《さら》した自分の姿を思い出してしまいそうで。

「……そうか、お前が」

――と。それは僕に聞こえるか聞こえないかくらいの大きさで放たれた声。

誰の？　きっと、ガルバーダさんの。

誰に向けての？　きっと、僕に向けての。

恐る恐る顔を上げる。しかし、彼はすでにこちらに背を向けて歩き出していた。

「ベルシェリア、次に来た時までに仕事を済ませていないようなら、覚悟しておけ」

その背中は静かにギルドの奥へと消えていく。

「あー、もうイヤになっちゃう。ほんっと面白くないヤツでしょ？　アイツ」

ガルバーダさんの背中が見えなくなった途端、師匠は口を尖らせて愚痴を零《こぼ》し始めた。

僕とシティさんは微妙な顔をしながら、それを聞き流す。

「で、今日はどうしたの？」

そして愚痴が止まると同時に、師匠の口からそんな疑問が放たれた。

僕はシティさんと一瞬だけ視線を交わし合った後、口を開く。

「その、木の葉斬りの進捗状況を報告しようと思って」

「おー！　うんうん、どこまでいった？」

「その……今日、二〇枚に届きました」

「二〇枚！　すごいじゃん！」

師匠は顔を綻ばせて僕の頭を撫《な》でまわしてくる。

「あ、その、でもこれはシティさんの助言があったから出せた結果で、えと、僕一人だったらこんなに順調には進めていなかったと思います」

「へえー、シティからも認めてもらえたんだ」

ちらりと横目でシティさんを見ながら言う師匠。

「わたしはただ、これまでの自分の言動を反省した上でアイルと接しているだけです」

「素直じゃないからなー、シティは！」

ツンとした様子のシティさんをおちょくるように言って、師匠は笑った。

そんな二人の間に流れている空気を見て、僕はホッと息を吐く。二人ともあれから仲直りできたみたいでよかった、と。

「よしっ、じゃあ——《硬度》《ポテンシャル》測定、してみよっか！」

そして僕の方に向き直った師匠は、そんなことを口にしたのだった。

——《硬度》《ポテンシャル》

それは【祝福《ファンファーレ》】を取り込むことで身につく強さの度合いのこと。

その明確な数値は【精霊結晶】の硬さを調べることで導き出すことができる。

共通の認識としては、その数値が【1】違うだけで、兵士一人分の実力差が生まれると言われている。つまり、

――《硬度》が【1】の者は「兵士一人分」の実力。

――《硬度》が【2】の者は「兵士二人分」の実力。

――《硬度》が【3】の者は「兵士三人分」の実力。

というように、《硬度》が一つ大きくなる度に「兵士一人分」の力が足し算されていくというわけだ。

「シティの《硬度》は確か、修行を始めてから三か月くらいはずっと一日【10】ずつの速度で上がっていってたよね？」

「えっと、その……はい」

「でもそこから不調に陥っちゃって全然伸びなくなっちゃったんだよねー」

「――」

配慮の「は」も持ち合わせていない師匠の言葉。それを受け、シティさんの周りの空気がズンと重くなる。

「で、でもっ、その一日【10】ずつっていうのは、とんでもないことなんですよね！」

僕は慌てて二人の間に割り込むと、「ねっ？　ねっ!?」と言って師匠に詰め寄った。

「う、うん、そうだね。速い。速すぎる。普通ならありえないくらいの速度だよ」

シティさんの目に、僅かに光が戻る。

「個人差はあれど、一朝一夕に上がるものじゃないからね。この《硬度》《ポテンシャル》ってのは」

「そ、そうなんですね」

「さて、それじゃあアイル、その【精霊結晶】を鑑定師さんに渡して」

「あ、は、はいっ」

師匠に促されるまま、僕はアンクレットから取り外した【精霊結晶】を【氷霊】のギルドの鑑定師さんへと渡した。

……一日【10】ずつの速度で上がっていたということは、一五日目の時点でシティさんの《硬度》は既に【１５０】に到達していたはずだ。同じ時間をかけた僕は、その記録にどこまで近づけているか。

息を呑《の》んで待っていた僕に、鑑定師さんは言った。

「《硬度》――【76】です」

「……ななじゅう、ろく？」

ななじゅうろく、ななじゅうろく……七六。過去のシティさんの約半分。

う、うーん。これは……どうなんだ？

何ともいえない結果に微妙な顔をしていると、突然肩を力強く叩《たた》かれる。

「すごいじゃん！　アイル！」

振り返るとそこには、興奮した様子の師匠が立っていた。

「す、すごいんですか？」

「うん、すごい！　ねえシティ！」

「はい。この短期間で【76】にまで到達しているなんて……正直、わたしにも想像できていませんでした」

「あはは、一五日目には【150】だったシティが言うとなんだかすごく嫌味《いやみ》っぽーい」

「え、なっ、違っ！　違います！　違いますからね！　アイル！」

「は、はい、分かってます」

僅かに緩んだ頬《ほお》を掻《か》きながら僕は言う。

シティさんは「なら良いです」と言って胸を撫《な》でおろすと、「わたしも鑑定してもらってきます」との言葉を残して鑑定師さんのもとへと向かっていった。

僕はその背中を見送り、視線を【精霊結晶】へと戻す。

二人の反応を見るに結果は悪くなかったみたいだ。一五日で《硬度》【76】は、順調と言える数値なんだろう。……でも、

「なんで過去のシティさんに倍以上の差をつけられているんだ……って顔してるね」

思っていたことを一言一句違《たが》わず師匠に言い当てられ、息を止める。

そして何度かパクパクと口を開閉させた後、僕は小さく「はい」と答えた。

「よし、じゃあ教えてあげる」

師匠は片目を閉じてからそう言うと、続けた。

「『修行を始めてから一五日目のシティ』——長いからこれからは『過去のシティ』って呼ぶね。『過去のシティ』と『今のアイル』の間に、どうして《硬度》《ポテンシャル》の開きが生じてしまったのか。その理由は、二つある」

「ふたつ」

「そ。まず一つ目の理由が——『今のアイル』より『過去のシティ』の方が多くの【祝福《ファーレ》】を取り込んでいたから」

これは、理解できる。

《硬度》とは、持ち主が【祝福】を取り込めば取り込むほど高くなっていくもの。

つまり、単純に受けた【祝福】の量に差があったから、『今の僕』と『過去のシティ』さんとの《硬度》の間にも差ができてしまった、ということ。

「大事なのは次。二つ目の理由」

そう口にする師匠の前で居住まいを正す。

「それはね——『過去のシティ』と『今のアイル』の感性の強さに差が生じているから」

そして続けて放たれた言葉に、僕は首を傾《かし》げた。

「か、かんせい？」

間の抜けた顔でそう繰り返す。すると師匠はしっかり頷《うなず》いてから開口した。

「《硬度》の成長速度ってのは、その人の感性の強弱に左右されるものなの」

感性が強ければ強いほど、得られる【祝福】の効果は増幅する。

感性が強ければ強いほど、《硬度》の成長速度は速くなる。

感性が強ければ強いほど――強くなれる。

「つまり、『今のアイル』と『過去のシティ』との間にある感性の差が、そのままキミたちの間にある実力の差になっている、ってわけ！」

こちらにビシッと人差し指を向けて言う師匠。僕は「へ、へえー」と零《こぼ》しながら、今の話の内容を咀嚼《そしやく》しようと必死に頭を働かせ続ける。頭が痛くなってきた。

「感性ってのは揺れ動くもの。なにか一つでもきっかけがあれば、ソレは成長を後押しする起爆剤に変わる。そしてそのチャンスは誰にだって訪れる。だから、あんまり落ち込まないでいいんだからね、アイル」

なるほど……確かに。感性とは時と場合に応じて変化するものだ。そこには才能や資質といったものが介在する余地はない。多分。

そう考えるとなんだか……「特に誇れるものがない僕でも、何かしらの可能性を掴《つか》めそう！」といった期待が胸に湧いてくる。

「お、落ち込むどころか、逆になんだかやる気が湧いてきました……！」

「うん、その調子だよ！　急速な《硬度》《ポテンシャル》の成長が見込めるのは、人が『子供と呼ばれる時期』だけだからね。多感な成長期の内にぐんぐん伸びておかなきゃ損だよ！　落ち込んでる暇なんてない！　私なんて、大人になって自分っていう人格が確立してしまってからは、《硬度》の成長なんてほとんどなくなっちゃったんだから！」

「そ、そうなんですね」

「大人になって後悔しないよう、今のうちに思う存分己を磨いておきなさーい！」

「が、頑張ります！」

そう返しながら、僕は【76】という《硬度》を胸に刻み込んだ。

そして「ここが僕のスタートラインだ」心の中で呟《つぶや》く。

「お、シティはどうだったー？」

と。そう口にする師匠の視線の先には、【精霊結晶】を持って立つシティさんの姿。

「……《硬度》は【1120】でした」

「あらー、前回とあんまり変わってないかー」

師匠の返答を聞いたシティさんの唇が、キュッと噛《か》み締められる。

——変わってない。つまり、未《いま》だに不調から抜け出せていないということなのだろう。

「そ、それでも凄《すご》いですよ！　《硬度》が【1120】ってことはつまり、『兵士一一二〇人分』の力が備わっているってことですからね！」

落ち込む姉弟子を見た僕は、慌ててそう口にする。

「まあ、正確には、更にその倍はありますが」

…………………………ん？

「ち、ちょっと待ってください。――その倍はある？」

突然シティさんが口にした言葉にツッコミを入れると、少女は「あれ？」という表情を浮かべて、師匠に目を向けた。

「今、どこまで説明してるんですか？」

「あはは、まだ《硬度》までしか」

「ああ、なるほど。じゃあ丁度いいので、続きはわたしが説明します」

シティさんはそう言ってこちらに向き直ると、僕の目を真《ま》っ直《す》ぐに見た。

「アイルと違って、今のわたしは《硬度》に加えて《深度《クラス》》の恩恵も受けているんです」

――《深度《クラス》》

それは、【精霊結晶】の保有者に定められている階位のこと。
その明確な数値は【精霊結晶】の色の深さを調べることで導き出すことができる。
階位は、下から【Ⅰ】【Ⅱ】【Ⅲ】【Ⅳ】【Ⅴ】と全部で五段階。
その《深度》が深化していくことで、人々はより強くなっていく。
一度目の深化を経て《深度》が【Ⅱ】になれば《硬度《ポテンシャル》》は二倍に。
二度目の深化を経て《深度》が【Ⅲ】になれば《硬度》は三倍に。
三度目の深化を経て《深度》が【Ⅳ】になれば《硬度》は四倍に。
四度目の深化を経て《深度》が【Ⅴ】になれば《硬度》は五倍に、と。
そうして導き出される総合的な能力を――【純度】と呼んでいる。

つまり――《硬度《ポテンシャル》》×《深度《クラス》》＝【純度】

それが、自分に宿る力の総合値を求める方程式になるというわけだ。
「分かりやすく紙に書くと、こんな感じです」
『アイル：《硬度》――【76】（兵士七六人分の実力）
：《深度》――【Ⅰ】（《硬度》を一倍にする）

シティ：《硬度》――【1120】（兵士一一二〇人分の実力）
：【純度】――【76】（兵士七六人分の実力）
：《深度》――【Ⅱ】（《硬度》を二倍にする）
：【純度】――【2240】（兵士二二四〇人分の実力）』
そこに綴《つづ》られていたのは、僕たちの間に存在している絶望的な実力差。お互いの【精霊結晶】が宿す【純度】の違い。
……《深度》がたった一つ違うだけで、これだけの差が生まれるのか。
「《深度》を加味して比較すると、アイルたちの間には【2164】の【純度】の差――つまりは『兵士二一六四人分』の実力差があるってことになるね」
「――」
師匠が口にしたその数値の大きさに、僕は眩暈《めまい》を覚える。
「だけど、わたしもまだまだです。世界でも最高峰の実力を持つ冒険者の中には、【純度】が【10000】を超えるような化け物も存在していますし」
「い、いちま……!?」
そして追い打ちをかけるようにして放たれたシティさんの言葉を受け、よろめいた。
【純度】が【10000】……つまり、『兵士一〇〇〇〇人分』の実力を持った存在。
そんなバカげた力を持っている一人の人間が、この世界にいる？

「ちなみにですが、そのラインのことは『怪物しか踏み越えられない境界線』という意味を込めて【10000《ザ・ボーダー》】と呼びます」

「ざ、ぼーだー？」

「そうです。この広い世界には、その境界線を跨《また》いだ人が何人もいるんです……というか、誇らしげな顔でそこに立っている人も、その一人です」

そう口にするシティさんの視線の先にいるのは――師匠だ。

「むふん！」

「え――ええええええええええええええええええええええ!?」

師匠が『兵士一〇〇〇〇人分』の実力の持ち主……とんでもなく凄《すご》い人だということは理解していたつもりだったけど、こうやって目に見える数値として実力の違いを突き付けられると、なんかもう「ほあー」って感じだ。

――そんな人を守れるような主役になる。

そして、幼い自分が立てたその誓いを果たすことがどれだけ困難なのか、僕は改めて思い知らされることとなった。

A HEROIC RECORD
FOR YOU

第三章　『【魔導書】』

1

修行開始から、三〇日目。

ひたすら素振りと落ち葉斬りを繰り返した末に《硬度《ポテンシャル》》を【152】まで押し上げた僕は、それらと並行して次の修行にも手を出そうとしていた。

次の修行。それが――【闘技場】での修行。

――【闘技場】

それは、挑戦者である「闘技者」と、応戦者である「魔獣」とが命を奪い合う場所。

闘技者と魔獣には、それぞれ《一級》《二級》《三級》という階級が定められており、
《三級》の闘技者には《三級》の魔獣。

《二級》の闘技者には《二級》の魔獣。

《一級》の闘技者には《一級》の魔獣。

……と、闘技者にはそれぞれの実力に見合った相手があてがわれることになっている。

「【闘技場】で勝ち進んで、まずは《二級》闘技者にまで成り上がること！」

それが、師匠に課された二つ目の修行だった。

「名を上げたい冒険者たちは、まず【闘技場】で修行を積む！　いわばそこは、主役への

登竜門ってわけ！」

「な、なるほど」

人差し指を立てながら説明する師匠の前で、僕は相槌《あいづち》を打つ。

話を聞く限り、その【闘技場】という場所はとても魅力的な場所のように思えた。

自分の身の丈に合った魔獣相手に実戦経験を積むことができ、闘技者として活動することで名を上げることができ、魔獣に勝利すれば賞金まで入手できるのだから。

ただ――負ければ何も手に入らない。最悪、命を失ってしまうことになる。

だから、入念な準備は欠かせない。

「というわけで、まずはちゃんとした武器を用意しておかないとね」

師匠がそう口にして、僕の短剣を見た。

そう、武器というのは消耗品なのである。使えば使うほどその刃《やいば》は輝きを失っていく。

三〇日間振り続けた僕の短剣もその例に漏れず、既にボロボロになってしまっていた。

だから師匠の言う通り、今のうちに新しい短剣を用意しておいた方がいい。闘技場での戦いの中で、このボロボロの短剣が危険を生み出す可能性は十分にあるのだから。

――しかし、

「じゃあ、宝物庫行こっか！」

師匠のその言葉を聞き、僕はピシと凍りついた。

「え、えーと、やっぱり新しい短剣はまだいらないかなー、って」

「何言ってるのさ！　ダメだって、新しいのじゃないと！」

宝物庫の前で向かい合い、僕と師匠はそんな言い合いをしていた。

「いったいどうしたの？　そんなに顔引きつらせてさ」

この中には、悪魔が取り憑《つ》いている書物があるんです……なんて、言えるはずもない。

そんなの信用されるはずがないから。

「う～」とか「あ～」とかしか言えない僕を見て、師匠は大きく息を吐いた。

「ここにある武器防具はどれも一級品。成長した今のアイルちゃんなら使いこなせるものもきっとある。それに、私の弟子ってことでお金は取らない。それなのにいったい、何を迷うことがあるっていうのさー？」

「うっ」

そう、そうなのだ。拒否する理由などどこにもないのだ。

おまけに、稼ぎがないために宿をはじめとした色々な面で師匠に頼りきりになっている僕に、「ここの武器じゃなくて、店で売っている武器の方が良い」などと口にする権利もない。あるはずがない。

「あーもう、いいから入るよ！」

「うわああああああああああ！」

しびれを切らした師匠に引っ張られながら、僕は宝物庫へと足を踏み入れた。

そして——三〇日ぶりに目にする。床に横たわる、あの禍々《まがまが》しい書物を。

「あわわわ」

今にも大声でしゃべり出すんじゃないか。頭に浮かぶ考えが僕の身体《からだ》を強張《こわば》らせる。

対する師匠はというと、「変なの」と零《こぼ》しながら武器を物色しに行ってしまった。

「ふ、ふうーっ」

……大丈夫。大丈夫だ。落ち着け。今、ここには師匠がいる。僕一人じゃない。

もし。仮に。あの書物の声が聞こえたとしても、聞こえないふりをすればいいだけだ。

そう自分に言い聞かせ、僕は頭から例の書物のことを排除しようと努める。

——しかし、

「あちゃー、この前散らかしちゃった書物そのままだ」

あの書物に手を伸ばそうとしている師匠を視界の端に捉え、頭が真っ白になる。

「ちょ、ちょ——ちょぁぁぁぁぁああああああ！」

そして気づくと、僕は走り出していた。

驚いた顔を浮かべる師匠へと駆け寄り、その手から書物を奪い取る。

——直後。

『触ッたなァ？』

粘ついたニヤけ声が、僕の頭の中に直接響いた。

「うわあああ！」

慌ててその書物を投げ捨てる。

『残ンンンン念ンンンンンン！　無駄アアアアアアアアアア！　既にオレの意識の一部をテメェに植え付けてあるからなアアアアアアア！』

「えええええ!?」

声が、音が、振動が、鼓膜を介さず直接頭に流れ込んでくるという奇妙な感覚に混乱させられながら、僕は尻もちをついた。

「ど、どうしたの？　アイル」

「頭の中に声が！　と、というかその書物が喋《しゃべ》ってて……！」

『ギャハハハハハァ！　オレの声は【適格者】にしか聞けねェ！　つまりァ、そこの姉ちゃんには何も伝わりませエエエエエエエエん！　バァカが！』

「えええええええええええええ!?」

きょとんとしている師匠を見て、僕は悪魔の書物の言葉が嘘《うそ》でないのだと理解する。

『分かったらオレの本体――そこの【魔導書】を持ッてェ、ここから出やがれェ！　こんな陰気臭《くせ》ェ場所、一刻も早くオサラバだァ！』

2

不安げな様子の師匠から「今日は修行はいいからゆっくり休んで」と言われた僕は、大人しく宿へと引き返してきていた。

部屋に入るとしっかりとドアを締め、入念に施錠をしておく。

「ふーっ」

肩の力を抜いて、息を吐く。……本番はこれから。

『よオオァし！　よくオレをあそこから持ち出してくれたなァ！　感謝してるぜえッ！』

「う、うるさ」

堰《せき》を切ったように喋りだす書物。そのあまりの勢いに、僕は圧倒される。

『よオオオオオく聞きやがれェ！　世界に一冊しか存在しねェ【魔導書】ァ！　それがオレ、イゼゼエル様だアアアアアアアアアアアアアアアアアアアアアア！』

「いぜ、ぜえる」

『そオオオオだァ！　イゼでもエルでも好きに呼びャあ良い！　んで、次はてめェの名前も教えてもらおうかァ！　よオオッやく会えた【適格者】サンよォ？』

その言葉を聞き、息を呑《の》む。胸に湧いてくるのは不安や戸惑いといった感情。

本当に名前を教えていいのだろうか。災いが降りかかってきたりしないだろうか。

嫌な予感に支配されながら、僕は開口する。

「その前に一つ、質問があるん、ですけど」

『おァ、なんだァ⁉　今なら何だって答えてやるぜェ！』

「アナタは、その……悪魔なんですか？」

『……あン⁉』

「何かと引き換えに僕の命を狙ってる、悪魔なんですか……？」

真剣な表情でそう尋ねる。

身構える僕を前にして、問い詰められているイゼゼエルは——

『ギャハハハハハハハハハハハハハハハハハハ！』

これまでで一番大きな声で嗤《わら》った。

『おッ、おまッ、そんなこと考えてたのかッ……ぶふッ！　ガキだなアアアアアア！』

「なっ」

馬鹿にするように嗤いを堪《こら》えるイゼゼエルに、僕は少しムッとしてしまう。そんな僕の様子までもツボに入ったのか、書物はしばらくの間嗤い続けた。

そしてひとしきり嗤った後、イゼゼエルは愉快そうな声になって言った。

『安心しろァ、オレは悪魔じゃなけりゃ、鬼でもねェ！　テメェの命？　そんなモンいるかァ！　オレが欲してんのは「主役の紡ぐ最高の物語」だけだァ！』

「最高の物語？」

『あァ！　【魔導書《オレ》】はソレを引き立てる一要素にすぎねェ！』

「……」

『オレの手を取ったヤツには、とっておきの力を授けることを約束するぜェ！』

「……とっておきの力？」

少し前のめりになった僕を見て、イゼゼエルは『ククク』と嗤う。

『さあ、ガキんちょ、もう一度聞くぜェ。――テメェの名前は、何だァ？』

あれほど関《かか》わることを避けていた存在。二度と触れることはないと思っていた書物。

その書物に再び名前を尋ねられた僕は、飲み下した唾で喉を湿らせながら口を開く。

そして――

「……アイル。アイル・クローバー」

小さな声でそう告げた。告げてしまった。

『アイルかァ。気張ってクソする時の掛け声には不向きだが、まあまあ気に入ったぜ！』

……正直、まだ不安はある。だけど同時に、ほんの僅かな期待もあった。

高鳴る鼓動を聞きながら、僕はそれを感じていた。

『よろしくなァ、大将』

「う、うん。よろしく」

これが、僕とその書物との間に奇妙な関係が結ばれた瞬間であった。

そしてそこから息継ぎする間もなく始まったのは、イゼによる怒涛《どとう》の質問攻めだった。

『さァて、それじゃあ――』

今がいつか。ここはどこか。

あれはどうなっているか。これはどうなっているか。

アイツはどうなったのか。アイツはどうなったのか。アイツはどうなったのか。

イゼの口から出る名前や単語のほとんどは聞いたこともないもので、僕はひたすら「分からない」と頭を横に振ることしかできない。しかしたまに僕が知っている単語に反応すると、イゼは嬉《うれ》しそうにその話をしだす。

そんな流れを何度も繰り返していた。

『そういや大将ァ、今【英雄録】はどこまで進んでる？』

「えっと、今ちょうど【四〇〇】話だよ」

『マジかア！　オレの生きてた時代から【二〇〇】話以上も進んでんのかよァ!?』

「――は？」

生きていたのが、【二〇〇】話前の時代？
確か【二〇〇】話前っていったら約一〇〇〇年前。
群雄割拠の大英雄時代と呼ばれている第二章の真《ま》っ只中《ただなか》。
そう――《修羅の世代《第二世代》》と呼ばれる一騎当千の主役たちが生きていた時代だ。
イゼは、その時代の生き証人？　もしかしてそれ、とんでもないことなんじゃ……。
『まァ、その話はもう良いかァ』
興味を抱きかけていた僕と違い、イゼの興味は既に別の場所へと移っていた。
『過去の話はここまで。さァ、大将よァ、これからは未来の話をしようやァ』
そしてイゼはその話を切り出してくる。
ハッとなった僕は、今耳にした話をいったん頭の外へと追い出して居住まいを正した。
『これから、大将に力の種子を譲渡するァ』
「う、うん」
『だからまずァ、とにかく広ェ《ひれ》場所まで案内しなァ！』
外に出ると、辺りは既に夜の闇に包まれていた。
イゼに「広い場所に案内しろ」と言われて向かった先は、精霊樹の庭。
「えっと、場所はこんなところで良い？」

いつもの精霊樹を前にして立ち止まると、僕は言った。

『あァ。充分だ！　よし、じゃあ大将はオレを置いて座りな！』

そう促され、僕はその場に腰を下ろす。

そのまま向かい合わせになるように【魔導書】を置くと、姿勢を正した。

『さァて、これからするのはクソ大事な話だァ。耳の穴かッぽじッてよく聞きやがれよァ』

口を挟むことなく、黙って頷《うなず》く。

『オレァ今から――【ギフト】をてめェに譲渡するァ！』

ぎふと。それは、聞き覚えのない言葉だった。

『安心しなァ！　イチから説明してやるァ！』

――【ギフト】

それを一言で言い表すなら、舞台上のあらゆる演出を現実で具象化する力。

精霊から与えられる【魔法】や、【精霊結晶】によってもたらされる成長とは違う。

それは己の中に芽吹く己だけの力。無限の可能性からの贈り物。

透明化、未来予知、物体の透視、空中浮遊、時間遡行。それら非現実的な力とされているものの全てが、【ギフト】があれば現実的な力となる。

『ただ、そんな力が簡単に手に入るはずはァねェ』

当然だ。というか、【ギフト】という力がこの世界で広く知られていないという時点で証明されてしまっている。その「非現実を現実にする力」自体が「非現実のもの」になりつつあるという皮肉な事実が。

では、その「【ギフト】を発現させるための鍵」とは何なのか。

『それはァ――【言魂《ことだま》】だ』

「え？」

予想の斜め上の答えに、僕は思わず間の抜けた顔になってしまった。

『人間の中身を作り上げてるものッてのは、なんだと思うァ？』

考える間も与えられず、畳みかけるように投げかけられた問い。

「え？　と」

『サーン、ニー、イーチ』

「ちょ、まっ」

『はいダメェ！　正解はァ、台詞《ことば》だァ！』

ことば。言葉。――台詞。それには色々な種類がある。

軽い台詞、重い台詞、柔らかい台詞、鋭い台詞、綺麗《きれい》な台詞、汚い台詞。

台詞は人の本質を映し出す。

『台詞ッてのはァ、「本質」で「本能」で「己」で「魂」そのものだァ』

台詞《ことば》が曇れば「本質」も曇る。

台詞が鈍れば「本能」も鈍る。

台詞が弱れば「己」も弱る。

台詞が霞《かす》めば「魂」も霞む。

逆に、心のままの台詞を紡げる人間の「本質」「本能」「己」「魂」は、際限なく磨かれていくことになる。

『一番ダメなのは――嘘《うそ》だ』

虚言、妄言、造言、偽言。

それら「嘘」を孕《はら》んだ言葉は自分を弱くする。魂の輝きを損なわせていく。

しかし、それも仕方のないことなのだ。

人間とは理性と知恵を備えている生き物なのだから。

人間とは嘘をついてしまう生き物なのだから。

人間とは愚かな生き物なのだから。

『――が』

この世界には、その「人間らしさ」というものに縛られない者たちが存在している。

――他人なんてクソくらえ。自分こそがこの世界の中心だ。

そう信じてやまない、最高に頭のおかしい本能に従順な人間たちが存在している。

『そんなヤツらが紡ぐ魂を剥《む》き出しにした台詞《ことば》に宿るモノ。それが――【言魂《ことだま》】だァ』

「こと、だま」

『そうだァ！　【ギフト】ッてのは【言魂】に誘発されて芽吹くァ！　つまりァ、「【ギフト】を発現させるための鍵」ッてのはァ、魂を剥き出しにして紡いだ台詞に宿る【言魂】ッてことになるわけだなァ！』

「――」

イゼの口にする説明を咀嚼《そしやく》していく中で、僕はある光景を思い浮かべていた。

それは目にしたこともない英雄譚《たん》の一場面。強大な敵を前に、主役が自らを奮い立たせて勇気を示している瞬間。誰もが胸を熱くさせられる一幕。

きっと、そのような状況下で【ギフト】というものは発現するのだ。

「……いや」

そのような状況下でしか【ギフト】は発現しない、と表現する方が正しいか。

『分かったかァ？　【ギフト】を発現させることの困難さがァ。その力を手に入れることができんのはァ、たった一握りの主役たちだけだッつう事実がァ』

「うん」

『だがァ、それらの面倒な過程を全部スッ飛ばし、所有者へと【ギフト】を譲渡することができる存在。それがこのオレ――【魔導書】サマッてわけだァ！』

「うん…………………え？」

身体《からだ》が凍りつく。

「え、え……ええ？」

強敵に挑むために己を磨き、
強敵に怯《ひる》まぬために覚悟を固め、
強敵を打ち破るために全てを賭す。

それだけの過程を経てようやく手にすることのできるモノ。それが【ギフト】という力。

なのに、その過程を経ることなく、その力を手に入れることができる？

「……」

『どオオオオオオオオオオオオオオオオオオしたァ!?　オレの凄《すご》さに声も出ねェかァ!?』

「……そ」

『ア？』

「そんなことしても、いいのかな」

気づけば僕は心に生まれたモヤモヤを吐き出すように、そんな言葉を零《こぼ》していた。

「い、いや、その……今、イゼからしてもらった説明のおかげで、【ギフト】の凄さとか、手に入れることの困難さとかは、痛いくらい理解できた。本当に。……だけど、理解できたからこそ、イゼの力を借りることが、その、とんでもなくズルいことのように、思えて」

尻すぼみしていく言葉。段々と下がっていく視線。

そして、心の中の自分が囁《ささや》いた「本当にその選択は正しい？」という声を聞いた。

足掻《あが》いて、藻掻《もが》いて、悩んで、苦しんで。這《は》いつくばりながら進んだ道の先でようやく手にすることのできる主役の力。

それを、今の僕なんかが簡単に手にしていいのか？

「……いいわけ、な――」

『そりャあ、間違ってるぜ大将』

しかし、イゼは諭すような声で僕の考えを否定した。僕の悩みを一蹴した。

『ソレァ、てめェみてェな弱者が口にする言葉じゃあねえ』

「っ」

『いいかァ？　機会《チャンス》ッてのはなァ、貯蓄できるモンでも、平等なモンでもねえんだよ。恵まれてるヤツがいりャあ、そうでねえヤツもいる。どんだけ欲しても、望んでも、その機会すら与えられねェ人間だッて大勢いるんだァ』

――なのに。

『「ズルだから気が引ける」だァ？　ハッ！　笑わせンじャねえよ』

「……」

『手を伸ばせば届く場所に可能性の種があるのに、見て見ぬフリをする。それはただただ愚かで、傲慢な行為だぜェ？　大将ァ』
「……っ」
――イゼの言う通りだ。
僕は唇をきつく噛《か》んで、先ほど口にした自分の言葉を恥じた。
そうだ。なにを勘違いしていたんだ。
僕は弱者だ。臆病者だ。主役の器なんて、口が裂けても言えないような人間だ。
こんな僕に、目の前に提示された力を振り払う資格なんて、ない。
『よし、ンじゃあ今から特別にィ、弱者の作法ッてやつを教えてやるァ』
俯《うつむ》く僕に向かって、イゼが言う。
『一つ、弱者はなりふり構わず、強くなれるきっかけに手を伸ばせ』
『二つ、弱者はあれこれ考えて悩む前に、とりあえずやれ』
『三つ、弱者は「傲慢」じゃなく――「強欲」であれ』
『以上、三つ』
――コイツらを踏まえて。
『オレの手を取ンのか？　取らねえのか？　はッきり言ッてみろァ、大将ァ』
「……っ」
問われた僕は、勢いよく顔を上げて口を開いた。

「取ります。イゼの力を、貸してください……っ！」

『ククク、良い子だァ』

イゼはそう漏らすと、『よく聞けェ！』と言って続けた。

『オレの中に眠ッてる【ギフト】の数はァ、二九〇！　大将が手にすることができんのはァ、その内のたッた一つだけだァ！』

「たったひとつ……」

『そォだ！　どンな【ギフト】が出るかは運次第ッてこッたァ！　だが安心しなァ！　オレん中にはァ『特別』はあッても『外れ』はねえからよァ！』

「ど、どういうこと？」

『オレん中にある二九〇の【ギフト】は全てェ――《修羅の世代《第二世代》》の化け物みてえな主役共が発現させた化け物みてえな【ギフト】だッてことだァ！』

名付けて――【英雄の忘れ形見《ロスト・ギフト》】。イゼは愉《たの》しそうな様子でそう締めくくった。

それは大英雄時代の遺産。《修羅の世代》の主役たちが遺《のこ》した、破格の【ギフト】。

『さァ、覚悟が決まッたらオレの好きな頁《ページ》を一枚だけ破りなァ』

「や、破る？」

『あァ、破るだけだァ。それだけでェ、【英雄の忘れ形見《ロスト・ギフト》】譲渡の儀式は完了するァ』

「は、はあ」

気の抜けた返事をしながら、僕は【魔導書】を持ち上げた。

少し埃《ほこり》っぽいにおいのする紙の頁《ページ》をパラパラと捲《めく》って、中身を確認する。

そして、【魔導書】の頁を視線でなぞっていく中で気がついた。

この書物……全頁、白紙だ。

『さあ、一思いにやッちまいなァ！』

動きを止めていた僕に向かって、イゼは言った。

……よし、いこう。こういうのはきっと思いきりってのが大事なんだ。

「え、えーいっ！」

ビリィ、と。

僕は目を瞑《つぶ》ったまま、適当に開いた【魔導書】の頁を破り取った。

直後。

「ッ」

――ズン、と。

身体中《からだじゆう》に張り巡らされた神経を、得体の知れない衝動が走り抜けた。

血流が脈動の度に加速し、心臓が肋骨《ろっこつ》を突き破りかねないほどの激しさで暴走する。

霞《かす》む視界の先には、淡く光る一枚の紙。僕が破り取った、イゼの――【魔導書】の一頁。

そこから流れ出ている光の粒子が、僕の【精霊結晶】に収束している。

「ぁ、ぁ、ぁ」

得も言われぬ充足感が僕を満たしていく。

快感の波にもみくちゃにされ、視界がチカチカと点滅し始める。

朦朧《もうろう》とする意識の中で、僕は、

『喜べ大将ァ――大当たりだァ』

イゼの声を聞いた。

「――っっっ、は、はッ、はあッ、はあッ」

意識が現実へと帰還する。

荒れる息、汗にまみれている額、全身の肌に感じる夜の冷たい風、全身に感じる熱。

『さァ、譲渡成立だァ』

自分という存在の中に才能の種子を埋め込まれた感覚が分かる。

アイル・クローバーという器の中に力の養分を注ぎ込まれた感覚も、はっきりと。

まるで、生まれ変わったかのような気分だった。

『最初は違和感があるだろうがァ、ソレは使っていく中でゆッくりと身体に溶け込んでいく。だからまァ、気にすんなァ！』

「う、うん」

『で、だ！　こッからはお待ちかね、【ギフト】の実演タイムだァ！』

「……？」

『実演は――オレ自身がやるァ』

「え」

な、なんて？　もしかして今、オレ自身がって言った？

『だから頼む大将ァ、オレに大将の身体《からだ》を貸してくれェ！』

「え、えええええ!?　身体を貸す!?」

『あァ、オレは契約を交わした【適格者】の許諾があれば、その身体を一時的に借りることができるようになるんだァ！』

「そ、そうなの!?」

忘れかけてたけど、そういえばさっきも「てめェの中に意識の一部を植え付けた」みたいなことサラッと言ってたような。……僕の身体、気づけば完全にイゼに乗っ取られてしまってた、なんてことになったりしないよね？

『ビビんじゃねェ！　一時的にオレの魂が乗り移ったところで大将の身体はどォにもなんねえよァ！　交代中でも大将が一言「戻れ」ッて念じれば元通りになるしなァ！』

ジト目になった僕に向かって、必死に説明してくるイゼ。

……まあ、別に良いんだけどね。どうせ、僕たちはもう一蓮托生《いちれんたくしょう》なんだし。

「分かった、良いよ。許諾する」

『よッしゃらァァァァァァァァァッ！　大将ならそう言ってくれるッて信じてたぜェ！

じゃあ許諾の鍵となる言葉をオレに続いて口にしてくれェ！』

「うん」

頷《うなず》いて、空気を肺へと送り込む。

『許諾の言葉はァ――』

許諾の、言葉は――


「……――【英雄凱旋《リ・プロローグ》】」


瞬間、意識の手綱を横から無理やり奪い取られるような感覚に陥る。

そして気付くと、視界がおかしなことになっていた。

それはまるで眼球の中にもう一つ眼球があるかのような感覚。

驚いて声を出そうとするが、もう出来ない。なぜなら、僕の身体は既に僕のものではなくなっていたから。

「一〇〇〇年ぶりの空気ィ、ウンンンンンンンンンンンンンンンンマッッッ！」

自分の声音を纏《まと》って放たれる言葉。

もちろん、僕の意思で発している言葉じゃない。

この声の主はイゼだ。間違いなく今、イゼが僕の身体《からだ》を使っている。

「聞けェ、大将ァ」

『え、うん』

「この世界にはなァ、たった二つだけゼッッッてえに変わらねェもんッてのがある」

興奮と荒々しさの入り混じる声が、そう告げる。

「一つ目が、何もかもいつかは変わッちまうッてことァ」

うん。……うん？

『何もかもいつかは変わってしまうんなら、二つ目の「変わらないもの」が存在しちゃいけないんじゃないの？』

「何もかもいつかは変わってしまう」とは、「変わらないものはこの世界に一つもない」とも言い換えることができる言葉。ということは、二つ目が存在している時点でひどい矛盾が生じてしまっていることになるのだ。

「まあ聞けよ」

疑問を抱く僕をその一言で制し、イゼは続ける。

「そんでェ、二つ目。何もかも変わっちまうこの世界で唯一変わらねェもの、ソレァ」

そして僕の反応を愉《たの》しむようにして嗤《わら》うと――

「オレが、最強だッて事実だァ」

誰よりも本能に従順《じぶんかって》な声で言い放った。

『は、はあ？』

「オレ様はァ、矛盾なんてひッくり返しちまうほど埒外《らちがい》の存在ッてことだァ」

腰の短剣に手が添えられる。

「さァ、イくぜェ。こッからは――最強《オレ》の時間だァ」

そしてイゼは、精霊樹の庭で最も巨大な精霊樹へと狙いを定めた。

高さは約僕三〇人分。太さは約僕一〇〇人分。その精霊樹へと歩み寄ったイゼは、両足を畳むようにしてその場にしゃがみ込む。

そして――真上に向かって、跳んだ。

「らァ！」

瞬間。視界が黒く塗りつぶされる。

なぜ？　どうして？　やけに冷静な頭が案外すぐにその答えを導き出す。

……「僕の目」が「イゼの身体の動き」についていけていないからだ。

「絶ッッッッ景ェエエエエエエエエエエエエエエエエエ！」

黒塗りの視界から解放された直後。

僕の目に入ってきたのは——どこまでも広がる夜空だった。

『は、はあ!?』

月がすごく近い。周りの夜の色が深い。

僕は今、夜空の中にいる。

「おァ、大将ァ！　真下見てみろよァ！」

そう促され、僕はイゼの瞳越しに真下を見た。

……陸だ。陸がある。そしてその中心に、大皿くらいの大きさの都市が見えた。

『あれ……は』

もしかして。

「ああ、《剣の都》だァ！」

『ってことは、僕たちが今いるココって……』

「《剣の都》の、遥《はる》か上空ッてことだァなァ！」

僕の頭に浮かんだ「あり得ない想像」を肯定するように、イゼが言った。

待って待って、頭の処理が追い付かない。一回整理させて。……さっき視界が黒塗りになっていた時間は、体感五秒くらいだった。多分間違ってはいないと思う。誤差があるとしても、せいぜい二秒とか三秒とか。

そんな一〇秒にも満たない時間で、イゼはこんな場所にまでやってきたということ？

それも、ただの垂直飛びで。

「ギャハハハハハハハハハハハハ！　大将ァ、本番はこッからだぜェ！」

『無茶苦茶《むちゃくちゃ》だ……』

と、イゼが口にした直後——落下が始まった。

『え？　わ、うわあああああああああああああ!?』

「ギャハハハハハハハハハハハハハハハハハハァァ！」

落ちる、落ちる、落ちる。凄《すご》い速さで身体《からだ》が落下している。地面が近づいてきている。

そんな中、イゼだけは心からこの状況を愉《たの》しんでいる様子だった。

「さァて、やるかァ！」

風を全身に受けながら、短剣を抜く。

「英雄時代全盛期、全てを置き去りにして戦場を縦横無尽に駆け回っていた俊英——【雷髄】。ヤツの発現させた史上最速の【ギフト】。満たされることのない速さへの渇望《かつぼう》から生まれた、イカれた【ギフト】」

落下による影響などものともしないイゼは、片手で短剣を遊ばせながら言う。

「その名もァ……【飢えた万雷《ハングリィ・ダンプティ》】」

——《解枷《げかせ》》

まず、ヂンッと何かの枷が外れたような音が身体中《からだじゅう》から上がる。

激しく肋骨《ろっこつ》を叩《たた》いてくる心臓。身体中《からだじゅう》を駆け巡る熱湯のような血液。立毛筋が収縮したことで逆立つ全身の毛。

限界を超えた感覚が、僕にまで伝わってくる。

──《纏雷《てんらい》》

続けて、顕現した白い雷が、辺りの暗闇を一瞬で白く染め上げた。

荒れ狂いながら全身に絡みついてくる電気の茨《いばら》。夜空を照らし上げる閃光《せんこう》。迸《ほとばし》る轟音《ごうおん》。

落下の恐怖さえ忘れて、僕はその神々《こうごう》しい光景に目を奪われてしまう。

「イくぜェ？」

イゼは熱の籠った僕の視線に応えるように言うと、真下の地面に直立している最も巨大な精霊樹へと狙いを定め、夜空を純白に染め上げる雷の刃《やいば》を限界まで引き上げる。

そして一条の稲妻と化したイゼは、一直線に剣を振り下ろした。

「──らァッ！」

轟音。

弾《はじ》けた閃光に目を灼《や》かれ、僕は咄嗟《とっさ》に目を瞑《つぶ》ってしまう。

一秒か、五秒か、一〇秒か。正確には、どれだけの間そうしていたか、分からない。

でも、今はそんなことどうでもいい。早く目を開けなければ。……頭の中にあったのはそんな考えだけ。

そしてまぶたを持ち上げた先に映っていたのは——縦に両断された状態で燃え上がっている精霊樹の姿だった。

「んぎもぢィイイイイイイイイイイイアァ！　一〇〇〇〇〇《いっせんまん》オ〇ニー！」

白雷の残滓《ざんし》を纏《まと》うイゼが叫ぶ。

流石《さすが》に今回ばかりは、頭の悪い僕にだって分かる。分かるなと言う方が無理な話だ。

——イゼが、精霊樹を両断したのだ。綺麗《きれい》に、真っ二つに。

あんな頼りない短剣を使って。

それも……たった一太刀《ひとたち》で。

「どうだッたァ、大将？」

イゼは誇らしげな顔で言う。

「これが【飢えた万雷《ハングリィ・ダンプティ》】で引き出せる、強さの極致ッてヤツだァ！」

A HEROIC RECORD
FOR YOU

第四章　『加速する成長』

1

翌朝、《剣の都》はたった一つの話題で騒然となっていた。

話題というのはもちろん……昨夜、精霊樹を襲った落雷についての話題。

精霊序列一位──【氷霊】のギルド。

精霊序列三位──【癒霊】のギルド。

精霊序列四位──【鉄霊】のギルド。

この《剣の都》に本部を構えている三つの序列上位ギルドを中心に、都中の冒険者がその後処理に追われている。部屋の窓から見える大通りを、冒険者たちが朝からずっとバタバタと行き来しているのだ。

『イイなこりャあァ！　お祭り騒ぎじゃねェか！』

「よ、良くないよ……これが僕たちの仕業だってバレたらどうするのさ」

『ま、大丈夫だろァ！』

悪びれる様子もなく嗤《わら》う騒ぎの元凶へとジト目を向ける僕。

そして、

「──あがァ！」

不意に全身を襲ってきた激痛に悶絶《もんぜつ》し、蹲《うずくま》った。

声にならない悲鳴をあげながらベッドの上をのたうちまわる。

『オイオイ大丈夫かよァ？　久々の生身でちッと張り切り過ぎちまッたかァ。悪かッたなァ、反省してる。後悔はしてねえケド』

そうだ。この痛みは、昨日イゼが使った【ギフト】の反動だ。

――【飢えた万雷《ハングリィ・ダンプティ》】
この【ギフト】には、大きく分けて二つの能力が備わっているらしい。
一つ目の能力が――《解枷《げかせ》》
これは文字通り、身体中《からだじゅう》のあらゆる《枷《かせ》》を強制的に取り去ってしまう能力。
筋力の過剰な増強。関節の可動域拡大。五感の鋭敏化。
この《解枷》を極めれば、人体を使った大抵の芸当は再現することが可能になるという。
だけど欠点が一つ。反動が途轍《とてつ》もなく大きいこと。未熟な身体で《解枷》を使うと、今の僕のように動けなくなるくらいの痛みに襲われることとなる。
これに関してはより肉体を鍛え上げていくことで克服していけるらしいので、これからもっと修行を頑張らなければならない。
そして、二つ目の能力は――《纏雷《てんらい》》
これも文字通り、雷を身体に纏《まと》うことができるようになる能力である。

周囲に漂っている魔素というものを消費して行使する力らしいのだが、正直【魔法】についての知識を持ち合わせていない僕にとってはよく分からない話だった。

欠点は二つ。引き出せる雷の威力が周囲の魔素の濃度に依存してしまうこと。そして、雷に変換できる魔素が「自分から半径一mの範囲内に存在しているもの」に限るということ。……うん、まあ、よく分からないからこれは感覚で慣れていくしかない。

『《纏雷《てんらい》》はあくまで副次的な能力だからなァ。あれこれ考えたり工夫したりすンのは、先に《解枷《げかせ》》を使いこなせるようになッてからでいいだろァ！』

「う、うん」

頷《うなず》いた僕はベッドの上で態勢を変える。襲い来る激痛に顔を歪《ゆが》ませながら。

そして「この痛みはいつになったら治るんだろう」と天井を見ながら考えていた、まさにその時だった。

『お？　大将ァ、誰かが部屋に近づいてきてンぜェ』

「え？」

イゼに言われて、僕はドアの方向へと目を向ける。

すかさず耳を澄ましてみると……確かに足音が一つ、廊下の奥から近づいてきている。

『この足音はァ』

心当たりがある様子でイゼが言った、次の瞬間。

「おーい私だよー、入ってもいい？」

ドアの前で足を止めた人物がそんな声を発した。

僕はその声を聞いて、身体《からだ》を強張《こわば》らせる。

「師匠……？」

「そうそう、正解」

ドアの前でヘラッとした笑みを浮かべながら立っている師匠の姿が、頭の中に浮かぶ。

「ち、ちょっと待っ――つァ……ッ！」

慌てて立ち上がろうとして、僕は全身の痛みを思い出した。

目に涙を浮かべながら、口をパクパクとさせる。

「あら？　もしかしてお取込み中だったかな？」

からかうようにそう口にする師匠。

「ち、ちがっ」

「じゃあこのままでいいから、聞いて」

反論しようとした僕は、唐突に真剣さを纏《まと》った師匠の声を聞いて口を噤《つぐ》む。

「突然だけど――これからしばらく、アイルは一人で修行してくれない？」

「……え？」

そして続いた言葉に、頭が真っ白になった。

「あーっと、別に私がアイルを見限ったからとかそんな理由じゃないから、安心して」

「じ、じゃあ、どうして」

身体《からだ》の痛みさえ忘れて、呆然《ぼうぜん》と尋ねる僕。

師匠はドアの前で少しの間黙り込んだ後、「まあいっか」と零《こぼ》して話しだした。

「これ、本当は言っちゃいけないことなんだけどね」

「は、はい」

「今話題の『落雷』騒動、実は——人為的に引き起こされたものらしいんだ」

「……え」

サーッと顔から一気に血の気が引いていく。

なんでも今朝、ギルドへといくつかの目撃情報が持ち込まれたらしいのだ。

——『落雷の中から現れた人影』の目撃情報が。

「それで、その詳しい調査のために、今回私が駆り出されてしまったってわけ。もし、今回の騒動の裏にいるのが悪いヤツなら、やっつけないといけないからね」

「そ、う、なんですね」

なんと返せばいいのか分からない。

だって、その原因は他ならぬ……僕たちなのだから。

『クカカカッ！　面白《おもしれ》ェことになってきたなァ！』

ぜ、全然面白くないよっ！

涙目でイゼを睨《にら》みつける。そもそも悪いのはイゼだ。僕のための【ギフト】実演とはいえ、あそこまで盛大にする必要はなかった。

まあ、許諾した僕も悪いんだけど！

「まあ大丈夫！　安心して！　その相手がどんなヤツでも、私は負けないから！」

僕が不安がって黙り込んでいると勘違いしたのか、師匠が明るい声で喋《しゃべ》りかけてくる。

「戦いになったら、絶対に倒す！」

絶対。ベルシエリア・セントレスタの「絶対」という口癖は、有名だ。

曰《いわ》く……【迅姫《じんき》】は、口にした「絶対」をこれまでに一度も破ったことがない、と。

「ってわけで、しばらくは一人で修行しててね！　あ、無理はしちゃだめだよ！」

最後にそんな言葉を残して遠ざかっていく足音を、呆然としたまま耳にする。

『ドア越しの会話で良かッたなァ大将ァ』

本当にイゼの言う通りだ。顔を合わせていたら、絶対に怪しまれていた。

『まァ、ちョーど良かッたじゃねえか』

「え？」

『これで、これからみッちり【飢えた万雷《ハングリィ・ダンプティ》】の修行ができるンだからなァ！』

——と。嗤《わら》い交じりに放たれるイゼの言葉。

それを聞いて思った。僕も、師匠も、《剣の都》の人々も、もしかすると最初からイゼの手のひらの上で転がされていたのかもしれない、と。

2

それからの三〇日間。

僕は「修行」なんて生易しいものじゃない「苦行」の日々を過ごすことになった。

『オレが課す修行はァ、全部で三段階だァ！』

一段階目。それは——《解枷《げかせ》》を受け入れる修行。

「ッ————————————————————————ッッ！」

『気張れエ！　耐えろァ！　成長痛耐えねェと強くはなれねェぞァ！』

激痛に耐える。

脳天に抜ける痛み。灼《や》けつくような痛み。背骨に染みるほどの痛み。肌が裂けるような痛み。筋肉を引きちぎられるような痛み。内臓を刃物でズタズタに切り裂かれるような痛み。

最初の一〇日間はそれらの痛みにひたすら耐え続けた。

今思えば、この段階が一番つらかったかもしれない。ここで全ての血反吐《ちへど》と弱音を吐き出すことができたから、大抵のことは耐えられるようになったのだ。


二段階目。それは――受け入れた《解枷》を馴染《なじ》ませる修行。

「ふッ！　ふッ！　ふッッ！」

『テキトーにするンじゃねえぞァ！　一つ一つの動きに意識を配り続けろァ！』

鉄のオモリが付いた訓練用の剣を振る。

煮え滾《たぎ》る血流を意識して振る。軋《きし》みを上げる骨格を意識して振る。全身に張り巡らされている神経を意識して振る。研ぎ澄ました五感を意識して振る。

一一日目から二〇日目までの一〇日間は、そうやってひたすら剣を振り続けた。

素振りとは身体《からだ》との対話だ。基礎的な筋力鍛錬だ。全身を使った反復動作の中で、僕は《解枷》が身体へともたらす飛躍の感覚をゆっくりと擦り込んでいった。


三段階目。それは――馴染んだ《解枷》の力を引き出す修行。

「あああああああああああああああああああ！」

『走れ走れ走れえェェェ！』

円を描いている《剣の都》の外壁上を走る。

大きく両腕を振って走る。蹴り砕かんばかりの勢いで地面を踏み締めて走る。肺がはちきれそうになるほど息を吸って走る。顔面に風を感じながら走る。

二一日目から三〇日目までの一〇日間は、そうやってひたすら走り続けた。

休憩なんてない。意識がある限り走り続けなければならない。

限界が来たらそこで終了。気を失ったらそこで終了。目を覚ました時点でまだ空に太陽が浮かんでいればもう一回。その地獄の持久走を繰り返す中で、僕は《解枷《げかせ》》によって引き出せる力を増幅させていった。

そうしてあっという間に訪れた——三〇日目。

「はあっ、はあっ、はあっ」

『よく頑張ッたァ、これでとりあえず【飢えた万雷《ハングリィ・ダンプティ》】の基礎は身についただろァよァ！』

革物屋で作ってもらったイゼ専用ベルトに収まっているイゼが、夜空を仰ぎ見ている僕に向かって告げてくる。

「基礎って……具体的にはどれくらい？　全体のどれくらい習得したって言えるのさ」

『そォだなあ、全部で一〇〇のウチの二〇ッてとこじゃヤねェかァ⁉』

一〇〇のうちの二〇……つまり、五分の一か。

「先は長いね」

『ッたりめェだァ！　主役の力を一朝一夕に習得できるワケねェだろァ！』

嗤《わら》いながら言うイゼにつられて僕も笑った。

一頻《ひとしき》り笑ったあと、一息に立ち上がって大きく口を開く。

「お腹空《なかす》いた！　帰ろう！」

『そォだなァ！　そんでもッてェ、肝ステーキとの二回戦目だァ！』

「うッ」

そうして僕は、月の光に照らされている町に向かって走り出した。

——と。

「あ……」

ふと、帰り道の途中である場所が目に留まり、足を止める。

視線の先にあるのは、精霊樹の庭の入口。

「そういえば【ギフト】の修行ばっかりでやってなかったな……落ち葉斬り」

最後にやったのは三〇日前。その時の最高記録は、確か二〇枚。

だけど、この三〇日間で、僕は【ギフト】という力を手に入れた。

「……うん」

試してみたい。そんな言葉が胸に浮かび、僕は頷《うなず》いた。

「ごめん、イゼ。ちょっと寄り道するね」

『ンだァ⁉』

方向転換。うるさいイゼに「落ち葉斬り」についての説明をしながら、精霊樹の庭の中にある一本道を駆け抜ける。

そしてその場所に辿《たど》り着くと同時に、僕は話を締めくくった。

『落ちてくる精霊樹の葉を斬る修行かァ。あの姉ちゃんも面白《おもしれ》ェこと考えンなァ！』

精霊樹を見上げる僕の脳内でイゼが言う。

『今の最高記録はどンくらいだァ？』

「二〇枚」

『で、今回の目標はァ？』

今回の目標？　目標は……うん。

「ぜ、全部」

グッと拳を握って言う。

強がりからの言葉じゃない。三〇日間みっちり身体《からだ》を鍛え抜いた僕ならできる。そんな確信があって出た言葉だった。

『面白ェ！』

頭の中に『ククク』という嗤《わら》い声を響かせながら、声の主は続ける。

『よァし、三〇日間修行を耐え抜いた大将にご褒美のアドバイスだァ！　この試練――脳ミソの《解枷《げかせ》》を特に意識してやッてみなァ』

「の、脳みそ？」

『あァ、それだけで大将はァ、三〇日前とは全く違う自分に気づけるだろォよォ』

ゴクリと唾を飲み込む。

全く違う自分。それがどんな自分なのか、知りたい。感じてみたい。

「分かった。やってみる」

言って、大きく息を吸い込む。

いける、いける。……よし、いこう。

準備を整えた僕は、思いっきり精霊樹の幹を蹴りつけた。その衝撃を受け、木の葉がひらひらと宙に舞い始める。

『それじゃあ、新しく映る世界を存分に体感しなァ』

最後にそんなイゼの声を耳にすると、僕は足裏で地面を押し出した。

そして――その世界に没入する。

「っ、え？」

視界に映るもの全てがゆっくりになっている。

落ちてくる木の葉。揺れる幹。流れる雲。頬《ほお》を撫《な》で付けてくる風。自分の呼吸音。筋肉の収縮。血管の膨張。心音。その全てが遅く、それでいて鮮明に感じられる。

「っ」

これが、脳の《枷《かせ》》を外したことによって享受できる効果。

情報処理速度の限界突破。それにより生じる、思考の超加速。

そしてこれが――三〇日で変わった新しい僕。

「ッッッ」

ゾクと全身の皮膚が粟立《あわだ》つ感覚に襲われた。

全身を駆け巡る全能感に、静かに打ち震える。

――今の僕なら、なんだってできる。本気でそう思えた。

「あァあああああああああああああッ！」

木の葉を斬る。

精霊樹の周りを縦横無尽に飛び回り、斬る。

痛いくらいに握りしめた右手の短剣で、斬る。

斬る、斬る、斬る。そして――

「あッ」

唐突に足がもつれる。バランスが崩れる。

立て直しは不可能。そう判断した僕は、加速の勢いそのまま地面へと倒れ込んだ。

地面との抱擁、そして接吻《せっぷん》。

「いっ、てて」

『ギャハハハァ！　思考だけが加速しても、身体《からだ》の速さが追い付かなきゃあ、力を完全に発揮することァできねェってワケだなァ！』

起き上がろうとする僕に向けてイゼが言う。

「だからって、なにも大笑いすることはないじゃん」と心の中で呟《つぶや》く僕は、ムッとした顔で斬った落ち葉の数を数えていく。

「……あれ？」

そして気づいた。斬れていない葉が一枚もないという事実に。

「え、あ」

状況が呑《の》み込めずに、舌が口の中で行き場を失う。

そしてゆっくり顔を上げれば、

「――」

そこには見たことがないほどの量の【祝福《ファンファーレ》】が巻き上がっていた。

幻想的な輝きを放つ光の粒子が、僕の【精霊結晶】を通ってゆっくりと身体の中へと流れ込んできている。その様子を見て、僕はようやく理解することができた。

六〇日前。あの日、師匠が見せてくれた「落ちてくる全ての葉を斬る」という神業を、僕はようやく再現することができたのだと。

3

翌日。僕は《硬度《ポテンシャル》》を測定してもらうため、【氷霊】のギルドへと足を運んでいた。

──修行開始から、はや六〇日。

さて、僕は一体どれだけ成長することができているか。

アンクレットごと【精霊結晶】を鑑定師さんに渡し、測定が終わるのを待つ。

「《硬度》【609】です」

そしてその結果を聞いて、僕はヒュッと喉を鳴らした。

──《硬度》【609】。兵士六〇九人分の実力。

最後に測定した《硬度》は【152】だった。ということは……三〇日間で【457】の成長。三〇日間、僕は一日当たり【15】ずつの速度で成長していたことになる。

……「スランプに陥る前までは一日【10】ずつの速度で成長していた」と、姉弟子であるシティさんは言っていた。つまり、この三〇日間での成長度はかつてのシティさんを上回っているということ？

「っ」

明確な数字として表された成長の証《あかし》に、手のひらを強く握りしめる。

三〇日間ひたすら耐え続けてきた過酷な修行。

やめたいと何度も思った。もう諦めてしまおうと数えきれないほど考えた。

しかし、その度に己を叱責して、心を奮い立たせてきた。踏ん張り続けてきた。

その努力は、ちゃんと結実していた。その努力には、ちゃんと意味があったのだ。

目の前に確かにあるその事実を、僕はしっかりと噛《か》み締める。そして——師匠にもこの成果を知ってもらいたい、と。そんな欲求が僕の中で弾《はじ》けた。

「あ、あのっ、今日、ししょ……【迅姫《じんき》】は、ここにいますか？」

「ベルシェリア様なら、きっと二階に」

「ありがとうございますっ！」

感謝の言葉を言い終える前に、僕は走り出していた。

近くの階段を駆け上がる。そして、蒼《あお》みがかった銀色の髪を視界に捉える。

「し、師匠！」

「あ？　あーアイル？　ごめん、今忙しい。用事があるなら今度にしてくれる？」

大声を出しながら駆け寄る僕に、師匠はひらひらと手を振るだけで答えた。

その顔には疲労の色が滲《にじ》み、目の下には真っ黒いクマまで浮かんでいる。

もしかして、眠れていないのだろうか。

「むむむ」

眉根を寄せながら書類と睨《にら》み合う師匠。その様子を見て、僕は少し冷静になった。

……うん。今は邪魔をしない方がよさそうだ。今日は《硬度《ポテンシャル》》の数値を報告するだけに留《とど》めておいて、大人しく帰ろう。

「あの、師匠、今日は《硬度》を測るためにここに来たんです」

「あー？　そうだったんだ」

「それでなんと、三〇日前から【457】も数値が上がっていて」


「――え？」


その底冷えするほどの声が師匠のものだと気づくのに、僕はしばらくの時間を要した。

卓上に置かれているガラスのカップに罅《ひび》が走り、周囲の温度がみるみる下がっていく。

「たった三〇日で《硬度》が【457】も上がった？」

そう口にする師匠は、僕の知っている師匠とは別人の雰囲気を纏《まと》っていた。

「ねえ、アイル」

冷たい声音を纏う言葉と共に向けられる、師匠の表情。

「――何か、ズルしてる？」

そして続いたその言葉に、僕は一瞬、息の仕方を忘れてしまった。

ズル。その言葉を耳にして、様々な単語が脳裏をよぎったからだ。「【ギフト】」「【飢え《ハングリィ》た万雷《・ダンプティ》】」「《解枷《げかせ》》」「イゼゼエル」……と。

固まる僕を前にして、師匠の口は止まらない。

「筋肉の付き方、骨格の形、関節の動かし方……全部、三〇日前とは全くの別物。木の葉斬りだけでは、こんな風にはならない」

心臓が早鐘を打ち始める。全身の立毛筋が収縮する。手のひらが汗で濡《ぬ》れる。

どうする？　なんて答える？　どんな表情を向ける？　考えれば考えるほど、頭が真っ白になっていく。まともな思考が失われていく。

……もしかして、今、怪しまれてる？

サーッと顔から血の気が引いていく。奥歯がカチカチとぶつかり合いを始める。

そんな僕の元へと伸びてきた師匠の手が、僕の肩を掴《つか》みかけ――

「おい、ベルシェリア、いったい何をしている。会議だ」

横から飛び込んできた低い声が、それを阻んだ。

僕はゆっくりとその声の主へと目を移動させていく。その先にいたのは、厳格な空気をその身に纏《まと》う大男――【獣躙《じゅうりん》】ガルバーダ・ゾルトさん。

「全員お前を待っている。お前がいなければ話が始められない」

「あーっと、分かった。今行く」

ガルバーダさんに一言そう返すと、師匠は一瞬だけこちらに顔を向けて開口した。

「ってことだから、ごめんねアイル。話の続きはまた今度……いや、明日しよう。明日の朝、闘技場前で待ち合わせで」

「あ……え」

「じゃあね！」

僕の返事を待つことなく、銀の髪に包まれた背中がギルドの奥へと消えていく。

「……っ」

息ができなくなるほどの圧から解放されたことによる安堵《あんど》が、僕を支配する。

耐えきれなくなった僕は、隣にガルバーダさんがいるのにも関《かか》わらず、みっともなくその場にへたり込んでしまった。

「大丈夫か？」

ガルバーダさんから差し伸べられる手。心配してもらえるなんて思ってもいなかった僕は、思わずビクッと肩を揺らす。そして恐る恐るその手を握った。

「……気をつけなさい」

僕を引っ張り上げてすぐに身を翻《ひるがえ》すガルバーダさん。

遠ざかっていくその大きな背中を、僕はただ見ていることしかできなかった。

4

翌朝。立派な外観を誇る円形闘技場の入り口前。

「昨日はホンットごめんね！」

そこで落ち合った師匠がいつも通りの様子で頭を下げてくる。

色々と覚悟を決めてやって来た僕は、それを見て思わず目を丸くしてしまった。

「実は『例の騒動』の調査が全然進んでなくて、昨日は少しピリピリしちゃってたの。それでつい、アイルに八つ当たりを……反省してます。ホント、ごめんね」

「え、あ」

珍しくシュンとした様子の師匠に、僕は少し混乱する。

同時に「良かった」という思いが胸の奥から込み上げてきた。一晩中悩んで、師匠に捨てられる覚悟までしていたから。

「あと、報告。『例の騒動』についての調査は昨日で打ち切られてしまいました」

タハハと頬《ほお》を掻《か》きながら、師匠は続ける。

なんでも、いくら時間をかけても黒幕の尻尾すら掴《つか》むことができなかったため、最終的に「今回の騒動には黒幕なんていなかった」と判断するしかなくなったらしいのだ。

その黒幕の片棒を担いでいる僕は、内心ヒヤヒヤしながらその話を聞いていた。

「まあ、ってことで、今日から修行を再開することができるってわけ」

「だ、だから集合場所を闘技場に？」

「そ！　正解！」

そう言って僕の手を掴むと、師匠はズンズンと歩き出した。

「よし、行こー！　今日は私が、アイルを精一杯エスコートするから！」

「う、うん……じゃなくて、はい」

僕は顔を赤らめさせながら、憧れの人の隣を歩く。

「アイルにはこれから、この闘技場でとにかく経験を積んでもらいます」

「はい」

「でも今日一日は、闘技者たちの戦いぶりを観察して闘技場の雰囲気を掴むだけね」

観客席へと出た僕たちは適当に空いている席を見つけ、隣同士で座る。

席から見下ろした先には円形の闘技場がある。捲《めく》れた地面。あちこちに凹《くぼ》みのある壁。所々に見られる赤黒い染み。そこは血と汗と熱気が染みついた戦場。

「お、出てくるよ」

直後、左側の通路の奥から一人の闘技者が姿を現した。

「――えっ⁉」

そして気づくと、僕は勢いよく立ち上がっていた。

「シティさん⁉」

そこに現れたのは僕の姉弟子にして敵手《ライバル》の少女――【淑姫《しゆくき》】シティ・ローレライト、まさにその人だった。

純白の髪をなびかせて歩く少女の姿を目にし、人々の熱気は最高潮に達する。

「【淑姫】！」「あれが《種子の世代《第五世代》》を担う者か」「六雄の一人！」「すごい人気だな」

「こっちを向いてー！」「好きだ！」「シティちゃあああん！」

割れんばかりの歓声に、僕は大きく肩を震わせる。

「ふふふ、驚いた？　実は、シティも今ここで修行させてるんだ」

悪戯《いたずら》を成功させた子供のような顔で、師匠が言う。

「ここ数か月は不調のせいで《二級》闘技者のまま足踏みしてたみたいだけど、ようやく《一級》に昇格できそうなんだって」

「そ、そうなんですね」

「うん。《一級》に上がるのは今のシティじゃ無理だって思ってたんだけどねー。どっかの弟弟子にまんまと焚《た》きつけられちゃって、今凄《すご》い勢いに乗ってるみたいなんだー」

「お、弟弟子？」

…………あえ？

「え、僕⁉」

「さー、どうだろうねー」

肯定とも取れないような態度で僕の質問に応じる師匠。

シティさんが僕を見ている。僕のずっと先にいる【淑姫《しゆくき》】が僕を意識している。その事実に、僕はなんだか嬉《うれ》しいような、むず痒《がゆ》いような感情に襲われた。

──だけど、

「……」

遠い、と。僕は闘技場のシティさんの姿を見て思う。

視線、期待、憧憬。それら全てを一身に受け、時代の中心に立つ少女。

あれが、僕が並び立たなければならない存在。唯一無二の、好敵手。僕は自分があの場所に立っている姿を想像しようとして……できなかった。

──と。

『ウウウウウ』

突如として闘技場内に響いたその音は、唸《うな》り声だった。人間のものじゃない。理性を持たない獣が発するような声。

その音に、闘技場中を埋め尽くしていた歓声もピタリと止《や》む。するとその静寂を待っていたかのように、ソレは闘技場内の鉄格子を突き破って現れた。

『ヴヴるアアアアアアアアアアッッッ!!』

――【一角猪《いのしし》】

それは、一本の頑丈そうな角を額に生やした四足獣。

興奮で血走る目。怒りで逆立つ体毛。身じろぎするごとに隆起する筋肉。まるで暴虐の化身であるかのようなその魔獣の姿に、周りの観客たちがたじろぐ。

走り出すと死ぬまで止まらない荒くれもの。それがシティさんの相手。

『ウゥゥ』

飢餓の色を目に宿して突進の構えを作る【一角猪】。

対するシティさんは、静かに息を吐いて短剣を抜き放つ。

「うん、ちゃんと集中できてる」

隣で師匠がそんな言葉を零《こぼ》した。

直後、後ろ脚で地面を蹴りつけた【一角猪】が勢いよく飛び出した。額の角の指す方向に向かって、矢のような速さで駆ける。それは一撃必殺の猛進だった。

相手の命を刈り取ることのみに特化した技。「柔よく剛を制す」などクソくらえだと言わんばかりの、ただひたすら剛のみに特化した一撃。

それを前にしたシティさんがとった行動は——前進だった。

「ええっ⁉」

受け流すでも、避《よ》けるでもなく、前進。

僕を含めた観客たちの間にザワめきが走る。しかしシティさんは止まらない。目の前の敵と自分との間を結ぶ一直線上を、悠然と駆け抜ける。

そして、その瞬間は訪れた。一人と一匹の衝突。一瞬の邂逅《かいこう》。

「——ふッ」

『オオオオオオオオオオオオオオオオオオオ!』

その刹那の接触を制したのは——シティさんだった。

目にも留まらぬ勢いで突き出される短剣の切っ先。おそらくその回数は、二。

直後、その答え合せをするかのようにして二箇所……【一角猪《いのしし》】の両目から鮮血が噴水のように吹き出した。

「こうなったらもう決まり」

師匠が言う。するとその言葉の通り、そこから先は最後まで少女の独壇場となった。

分厚く強靭《きょうじん》な【一角猪】の毛皮に、質より量の斬撃を叩《たた》き込んでいく。速さという一点のみで、相手を圧倒していく。

その戦い方は、師匠がよく口にする理想の戦い方を完全に体現しているように思えた。

『オオオオオオオオオオオオオォォォォォ――――――――……………』

そして決着。大量の【祝福《ファンファーレ》】が舞い、拍手喝采が闘技場内に鳴り響いた。


全ての闘技者に個別に用意されている控え室。

シティさんの戦いが終わった後、僕は師匠に連れられてその場所にやってきていた。

そしてそこで――地面にぐったりと座り込むシティさんの姿を目にする。

「シティさん!?」

「あらら」

僕と師匠はシティさんの元へと急いで駆け寄り、その状態を確認する。

真っ青に染まっている顔。だけど、目立った出血や外傷はどこにもない。

当然だ。先ほどの【一角猪】との闘いで、シティさんは一度の攻撃を受けることもなく圧勝したのだから。

ということは、これは……

「やっぱりあれだけの数の視線はまだキツいかな」

僕の考えに重ねるように、師匠がそう口にした。

この症状の原因。それは――過度な視線を向けられたことによる不調《スランプ》。

シティさんは今、自分自身と闘いながら【一角猪】の相手をしていたのだ。期待に怯《おび》える自分を隠しながら、人々の理想である【淑姫《しゅくき》】を演じていたのだ。僕なんかには想像もできないほどの重圧を背負いながら。

「うっ」

シティさんの呼吸が落ち着くまで、少し時間がかかった。

今、控え室には僕たち二人だけ。師匠は、水やら食べ物やらを買いに出ている。

「……情けない」

横たわるシティさんの口からポツリと零《こぼ》れた言葉を、耳が拾う。

「守らないといけないのは、わたしのほうなのに」

「え?」

「……いえ」

よく聞き取れなかった言葉に首を傾《かし》げる僕を見て、シティさんは首を振る。

そして上体を持ち上げると、こちらへと目を向けてその小ぶりな唇を開いた。

「というか、もうここまで来たんですね」

「は、はい、明日から僕も【闘技場】での修行を始める予定です」

「……《硬度《ポテンシャル》》はどのくらいまで成長しましたか?」

「え、えっと……【609】です」

正直に答えると、シティさんは驚いたように目を丸くさせた。

そして僅かに自嘲の混じったような表情を作り、僕から視線を逸《そ》らす。

「本当に羨ましい。自分に正直に、伸び伸びと成長できるアイルが」

「そっ、そんなっ」

「――でも、わたしだって負けません。簡単に追い抜かれたりは、絶対にしませんから」

「っ」

口元に笑みを浮かべて言う少女の瞳には、対抗意識という名の炎が確かに宿っていた。

――どっかの弟弟子にまんまと焚《た》きつけられちゃって。

先ほど観客席で聞いた師匠の言葉が思い出される。

実は少し、僕はその言葉を疑っていた。師匠は僕に発破をかけるためにわざとそんな嘘《うそ》を口にしたんじゃないか、と。

でも、シティさんの本気の視線を受けて、そんな疑いは消え去ってしまった。

僕はシティさんの敵手《ライバル》としての役割をちゃんと果たせているんだ。僕たちは互いに影響し合えているんだ。

「絶対に追いついてみせます」

拳を握った僕は、シティさんに向かってハッキリとそう宣言をした。

5

夜。僕はベッドの上に仰向《あおむ》けになりながら、今日という一日を思い返していた。

目に焼き付いて離れない、闘技場での命の奪い合い。その光景の中にいる全ての闘技者たちが、それぞれ違う輝きを放っている。

正面から膂力《りょりょく》任せの突進をする人。

相手の攻撃に合わせて打ち込む一撃必殺に全てを賭ける人。

ひたすら回避に徹しながら、自分の優位な展開へと持ち込もうとする人。

一〇人いれば一〇通りある戦い方。

だけどやっぱり、その中で最も魅力的に見えたのはシティさんの戦い方だった。

速さのみに特化した戦い。質ではなく量を意識した戦い。手数にモノをいわせた戦い。

僕は【迅姫《じんき》】の弟子として、【淑姫《しゅくき》】の敵手《ライバル》として、一日でも早く「今のシティさん」の基準へと到達しないといけない。でなければ、僕はいつまで経《た》っても「【淑姫】の下位互換」という場所から抜け出せない。姉弟子の背中を追うばかりの、情けない弟弟子のままだ。

それなら、「今の僕」と「今のシティさん」を隔てている最も巨大な壁とはいったい何なのか。両者の間に存在している大きな差の原因とはいったい何なのか。その問いかけに対する答えはもう分かっている。

それは——《深度《クラス》》の差だ。

《深度》【Ⅱ】のシティさん。

《深度》【Ⅰ】の僕。

互いの《深度》の差はたった一つ。それだけの違いなのに、僕とシティさんに備わっている総合力——【純度】には、常に倍の実力差が生じてしまっているのだ。

つまり、僕がシティさんに大きく近づくためには——深化が必要不可欠。

——深化
それは、『覚醒』や『進化』といった言葉でも言い換えることのできるもの。

何よりも成長の妨げになる壁にして、乗り越えてしまえば何よりも頼もしい促進剤として成長を後押ししてくれる力。

その事象を引き起こすためには、ある条件を満たさなければならない。

「……」

僕はベッドの傍《かたわ》らに置いていた一冊の書物を手に取る。本の題名は『深化論』。

師匠に読み込んでおけと言われたその書物を膝の上に置き、僕はその表紙を捲《めく》った。

『深化を引き起こすための条件とは——己に定めた【誓い】を果たすこと』

己に定めた【誓い】を果たす。それが深化を呼び起こす為《ため》の鍵。

『自分自身で定めた【誓い】を果たすことで、深化は引き起こされる』

『【誓い】を果たすことができれば、新しい【誓い】を定めることができるようになる』

『一度定めた【誓い】は「果たす」以外の方法で変更することはできない』

『よって、あまりに困難な【誓い】は、自分自身を腐らせることに繋《つな》がる』

それもそうだ。

身の丈に合っていない【誓い】を定めてしまった者に待っているのは「破滅」か「断念」の未来だ。そんなことになるくらいなら、身の丈に合った【誓い】を定めるという利口な選択をする。

でも、身の丈に合った選択をするのは正解なのか？

越えられることの分かっている壁を越えたところで、そこに価値は生まれるのか？

『【誓い】は自由である』

『容易なものにするもよし。困難なものにするもよし』

『具体的なものにするもよし。抽象的なものにするもよし』

英雄の歩む道とはそんなに甘く優しいものなのか？

『しかし』

答えは——否《いな》。


『身の丈にあった【誓い】を定める者に、主役の資格はない』


『「できるか」「できないか」の二つではない』

『「近道を取るか」「茨《いばら》の道を取るか」の二つである』

『どちらの先に、より価値のある己の証明が生まれるのか』

『その意味を理解した者の前にしか、主役への道は開かれない』

そうだ。ここで簡単な道を選ぶのは容易《たやす》い。そちらを選べば、きっと手っ取り早く強くなることもできるだろう。

しかし主役を志す者にとっては、その選択は必ず足枷《あしかせ》となる。

世界は、精霊は、そんな成長の先に紡がれる台詞《ことば》なんて、きっと求めていない。

そうだ。僕は己に正直に……心のままに【誓い】を紡ぎたい。

「僕は」

たとえそれが、どれだけ困難な茨《いばら》の道であろうとも。

「――【主役に、なる】」

その【誓い】を口にした瞬間、僕の【精霊結晶】が眩《まばゆ》い光を放った。

僕はそれを見て悟る。アイル・クローバーの【誓い】が受け入れられたのだと。

『……ククッ、喜べ大将ァ。そいつァ正真正銘、大馬鹿野郎級の【誓い】だァ』

「……」

《深度《クラス》》【I】の雑魚が定めて良いレベルの【誓い】じゃあねえ』

「……」

『オレァ大勢知ってるぜェ。テメェみてェに強がり張ッて、痛い目見たヤツらをよァ』

「……うん。僕も、僕だけじゃ絶対に達成できない【誓い】だと思う」

『ほォ、そいつァつまり、どういうことだァ？』

「えっと、伝わらなかった？　僕だけじゃ、って言った意味」

『……ククク、いーやァ伝わったァ。伝わったぜ大将ァ！』

そして、イゼは心底嬉《うれ》しそうな声になって続けた。

『あァ、あァ、あァそォだよ！　イカれた【魔導書】の持ち主はイカれたヤツじゃねえとなァ！　やあアアアアアアアアアアアッと、大将と一つになれた気がするぜェ！』

「う、うん」

『よォし大将ァ、覚悟しやがれよァ！　こッからどんな状況、どんな窮地に陥ろうと、このオレが歯止めとして機能するこたァねェ！　逆境上等ォ！　オレと一緒に死に急ぎ人生楽しくやッてこうぜェ！』

「お、おおー！」

『つう訳でだァ、大将ァ！　テメェに今からァ——オレの【英雄凱旋《リ・プロローグ》】に次ぐとッておきの力を体感させてやるァ！』

「……んん？」

突然飛躍した話に、僕は首を傾《かし》げた。

『力の名は——【英雄追憶《アンコール》】ァ！』

「あんこーる」

『そォだァ！　この力でェ、大将はオレの中に眠ッている主役たちの記憶を覗《のぞ》き見ることができるァ！　つまりァ、《修羅の世代《第二世代》》の英雄たちが自分の目で見てきた英雄譚《たん》の軌跡をォ、実際に辿《たど》れるッてわけだァ！』

「え、ええ？」

口で説明されただけでは、よく分からなかった。

とりあえず『クソやべえ』ことであることは確かなんだろうけど。

『まァ、実際に体感してみたが早《はえ》ェわなァ！　つゥわけで、イッてこォアアアアい！』

「え、なに」

――【英雄追憶《アンコール》】

イゼがそう唱えた直後、視界が暗転した。そして次にまぶたを持ち上げた時、目の前に広がっていたのは、さっきまであった自室の光景ではなかった。

そこは見たこともない森の中。

視界の中央には――凶悪な表情を浮かべて佇《たたず》む一体の魔獣。

ソレを一言で表現するならば『牛頭人身の怪物』といったところか。

湾曲した鋭利な角。波打つ血管の浮き上がった表皮。両手に握られている一対の巨大な斧《おの》。止めどなく溢《あふ》れ出ている涎《よだれ》。そして、狂気の笑みが刻み込まれた相貌。

怖い。僕はその魔獣を目にして、心からそう思った。

『ソイツァ【飢えた万雷《ハングリィ・ダンプティ》】の持ち主――【雷髄】の持つ記憶の一部だァ』

どこからともなく聞こえてくるイゼの声。その聞き慣れた声に、僕は安堵《あんど》の息を吐く。

恐怖も僅かに和らぎ、目の前の光景を客観的に捉えられるようになる。

しかし、その安らぎは一瞬にして終わりを告げた。

『さァ、開戦だァ』

直後、視界が大きくブレた。

そして視界いっぱいに弾《はじ》ける、純白の稲妻を纏《まと》った斬撃。

避《よ》けては斬る。往《い》なしては斬る。

立っては斬る。しゃがんでは斬る。

転がっては斬る。宙を舞っては斬る。

斬っては斬る。斬っては斬る。斬っては斬る。斬る斬る斬る。

どんな体勢からでも繰り出される斬撃。止まることのない剣閃《けんせん》の連鎖。

質より量とか。量より質とか。そんな次元の実力じゃなかった。繰り出される量の全てが、これ以上ない質を伴っている。

これが、速さの限界を超えた速さ。極地の先にある極地。

俊英――【雷髄】の剣舞。

最初こそ反撃しようと手を出してきていた牛頭人身の魔獣も、気付けばただの肉塊に成り下がっていた。まさに細切れ状態だ。

僕はその光景を目にし、戦慄に打ち震えた。

「――っはあっ！　はあっ！」

現実へと帰還する。

『戻ってきたなァ！　どォだァ、史上最速の剣技を目の当《ま》たりにした感想はァ！』

イゼにそう問いかけられ、僕は言葉に詰まった。今、実際に目にし感じたものを僕の持つ言葉で表現することは不可能だと思ったから。

あの至高の斬撃は、僕なんかが簡単に解釈できるものじゃない。

あれは最早《もはや》……一つの『作品』だ。

黙り込んで、目に焼き付いた軌跡を思い起こそうとする僕。

すると、その沈黙こそが答えだというように、イゼは馬鹿でかい嗤《わら》い声を上げた。

6

翌朝。あまり居心地がいいとは言えない《三級》闘技者の控え室で、僕はずっと短剣を振り続けていた。出番待ちの時間だ。

「ふっ、ふっ」

想起するのは――【雷髄】の影。あの質と量の到達点を再現するように剣を振る。

だけどやっぱり……【雷髄】のようにはできない。

全然違う。頭の中にこびりついて離れない【雷髄】の斬撃は、こんなものじゃない。

『おいおい大将よォ、テメェ、剣筋が鈍くなッちまッてんぜェ』

汗まみれの僕を見て、イゼが言う。

「はっ、はっ……鈍く？」

『あァ、断言できる。今の大将はァ、昨日の大将より弱《よえ》ェ』

「だ、断言するんだ」

少し落ち込みながら剣を下ろす。

「な、なにがいけないんだと思う？」

『剣筋を似せようとし過ぎてることだなァ』

即答し、イゼは続けた。

『オレは、あの斬撃を完全に模倣しろッて言いたくて記憶を観《み》せたんじゃヤねェ。つゥか無理だろァ。あれはあくまで一つの指針だァ。てめェにはてめェだけの剣がある。【雷髄】の軌跡はソイツを昇華させるための礎《いしずえ》として利用するぐれェでいい』

「な、なるほど」

……うん。確かにそうだ。

僕は【雷髄】じゃない。

身長も、体重も。骨格も、体格も。性格や考え方だって、なにもかもが違う。

僕は僕だ。それを自分に言い聞かせた上で、僕は僕のまま、より強くなれるように【雷髄】の剣技を取り込めばいい。それでいいんだ。

『まァ、具体的なアドバイスをしてやるとすりゃあ、そうだなァ……大将が常々口にしてる「量」や「手数」ッてヤツに、とりあえず一撃だけで良いから「最上級の質」を紛れ込ませてみるッてのはどォだァ？　それこそァ【雷髄】のようなナァ』

「え？」

意識するのはこれまで通り「量」と「手数」でいい。ただその中に、「最上級の質」を持った一撃紛れ込ませてみる？

……それ、すごく良いかも。

「や、やってみる！」

実践しようとして剣を構える。

——直後。なんの前触れもなく控え室のドアが開かれた。

「アイル・クローバーさん。出番になりますのでついてきてください」

ドアの奥から顔を出した案内人さんがそう告げてくる。

「はっ、はい！」

大きな声で返事をした僕は、短剣を鞘《さや》へと収めて駆け出した。

『クク、ぶッつけ本番だなァ』

心臓が高鳴る音とイゼの声を聞きながら、戦場へと続く廊下に足を踏み入れる。

昨日シティさんもここを通ったんだと考えると、少し気が楽になったような気がした。

「それでは、どうぞ」

案内人さんに送り出された僕は、闘いの地へと足を踏み入れる。

そんな僕を出迎えたのは、シティさんの時とは全く違う観客席の反応だった。

まばらな拍手。雑談によるざわめき。興味のなさげな視線。当然のように、そこに期待なんてものは一つもない。

『おーこりゃあひでェ。こいつらにとッちゃあ大将の戦いは、ただの場繋《ばつな》ぎッてかァ？』

嗤《わら》いを噛《か》み殺すようにしてイゼが言った。

「なんでそんなに楽しそうなのさ」

『いやァ、コイツら全員の度肝ブチ抜くのはァ、くッそ気持ちイイだろォと思ッてなァ』

「……イゼらしいね」

『あァ!?　マトモぶるんじゃヤねェ！　大将も想像してみろッてェ、その光景！』

そんなの……言われるまでもなく想像している。ここに足を踏み入れた瞬間から。

イゼに影響されちゃってるのかなあ、僕。

そんなことを考えながら、僕も小さく笑った。

「……うん、くッッッそ気持ち良いと思う」

『だろァ！』

やってやる。僕の力を証明してやる。この三〇日間の修行の成果を全部ぶつけてやる。

そして、

『――――――』

視界の先にある檻《おり》がギィと音を鳴らしながら開き、中から魔獣が解き放たれる。

僕は腰から短剣を抜き放って、その存在を視界に捉えた。

『キシィイイイイイイ』

檻の奥から姿を現したのは、異形の二足歩行の蝙蝠《こうもり》だった。

――【下等吸血鬼《レッサーヴァンパイア》】

それは、高い身体能力と再生能力、そして繁殖能力をもつ魔獣。

この魔獣の厄介なところは、空腹であればあるほど強くなるというところ。

今にも飛びついてきそうなその様子を見るに、目の前の【下等吸血鬼】の強さは、空腹によって大きく底上げされていると考えても良いだろう。

長引けば長引くほど、コイツは強くなる。だから、できれば早めに終わらせたい。

「ふーっ」

僕は息を小さく吐く。そして、相手の目をしっかりと見据えた。

目の前にいるのは人型の魔獣。

うん、丁度よかった。――【雷髄】が相手していた牛頭人身の魔獣と同じだ。

『シャアアアアアアアアアア』

涎《よだれ》を撒《ま》き散《ち》らして跳びかかってくる【下等吸血鬼】を前に、腰から短剣を抜き放つ。

そして――《解枷《げかせ》》。全身の枷《かせ》を取り外し、僕は自分の世界へと没入した。

相手の攻撃を避《よ》ける、避ける、避ける。

吸血鬼特有の爪牙《そうが》を往《い》なす、往なす、往なす。

三〇日間の弛《たゆ》まぬ鍛錬によって身につけた技術を見せつけるかのようにして、僕は【下等吸血鬼】を相手取る。

「……うん」

敵の動きがよく見える。見え過ぎる。

身体《からだ》の動きと思考の速度が研ぎ澄まされ、視界が鮮明になっていく。

おそらくこのまま回避に徹し続けていれば、どこかでこの目の前の魔獣はボロを出し、大きな隙を晒《さら》してくれることだろう。

……でも僕は、もう一段階先に進みたい。ただ勝つのではなく、成長して勝ちたい。

だから僕は奥歯を噛《か》み締め――前進する。

『シャッ!?』

懐への敵の侵入を許した【下等吸血鬼《レッサーヴァンパイア》】が目に見えて動揺する。

僕は容赦なくその無防備な胴体へと剣閃《けんせん》を叩《たた》き込んでいく。繰り出すのはもちろん、質より量を、威力より手数を意識した連撃。

五閃、一〇閃、一五閃、二〇閃。止まらない。というか、止めてやらない。

『キ、キシャアアアアアア！』

怒り狂った様子の吸血鬼が、口から紫の血を吐きながら爪を振り下ろしてきた。

僕はもちろんその攻撃を避《よ》ける。一歩だけ後退し、紙一重の距離でその鋭い爪の行く末を見送る。そしてその中で、ふと気づいた。

あれ？　今の相手の急所《くび》、がら空きだ……と。

「──」

思考が加速する。そのまま地面を蹴り砕いて、前進する。

一瞬にして消滅する彼我の距離。僕は、ゆっくりになった世界の中で短剣を持ち上げる。

そのまま、涎《よだれ》を撒《ま》き散《ち》らす【下等吸血鬼】の首へと「最上級の質」を放った。

そして──サン、という静かな音を闘技場へと響かせる。決着の音を、響かせる。

『────……』

首から先を失った【下等吸血鬼】の身体《からだ》がべしゃりと倒れ込み、宙を舞っていた蝙蝠《こうもり》の形をした頭が地面へと転がり落ちた。

……絶命。僕の放った一撃によって、【下等吸血鬼】は一瞬でその命を落とした。

「ふっ、ふっ」

『まァ、六五点ッてところかァ！』

そんなイゼの声を耳にし、僕は顔を上げた。

初めて魔獣を倒した僕を讃《たた》えるように巻き上がる大量の【祝福《ファンファーレ》】。それは【精霊結晶】を通ってゆっくりと身体へと流れ込んでくる。

また、それは倒したという実感にもなって僕の中へと蓄積された。

勝った。勝ったのだ。その現実を噛《か》み締めながら、ゆっくりと周囲を見渡す。

『さァ、どォだァ？　勝利の感想はァ？』

唖然《あぜん》とした視線を僕へと送ってくる観客。始まる前とは一変して、静寂に包まれる闘技場内。手のひらに残る勝利の感触。

「――っっ」

全身が痺《しび》れた。

その光景に。その視線に。身体を支配する熱に。刺激的で甘やかな勝利の味に。

それらは快感となって身体中を駆け巡り、僕の身体を打ち震えさせてくる。

「くッッッッッそ、気持ち良い」

そして僕は、固く拳を握り締めてそう言った。

A HEROIC RECORD
FOR YOU

第五章　『命を懸ける覚悟』

1

あれから三〇日間。

勝利の味に酔い痴《し》れたように、僕は【闘技場】での闘いの日々を送っていた。

勝って、勝って、勝つ。倒して、倒して、倒す。喰《く》らって、喰らって、喰らう。

闘う相手は【下等吸血鬼《レッサーヴァンパイア》】【灰餓狼《がろう》】【魔猿】【小鬼】【小悪魔】と様々だったが、速さという一点で相手を凌駕《りようが》している限り、危ない状況に陥ることはなかった。

――速さとは強さ。

初めに師匠から教え込まれたその方程式が、明確な実感となって身体《からだ》へと染み込んでいく。戦えば戦うほど、その教えが真理であることが分かっていく。

更に加速してゆく成長。これまでの比ではない速度で体内に蓄積していく【祝福《ファンファーレ》】。

より引き出せるようになっていく《解枷《げかせ》》の力。

そして、成長を遂げているのは何も《解枷》だけではない。

「ねえイゼ。アレ、試してみて良いかな？」

『待ッてましたァ！』

檻《おり》の奥から姿を現した本日の相手――【樹人《トレント》】に狙いを定め、駆け出す。

『ア――ア――！』

「歩く木」と呼ばれている【樹人《トレント》】であるが、実は名前の割に動きが結構速い。

特に、いくつもの蔦《つた》を使って繰り出される攻撃。それらは鞭《むち》のようにしなりながら、こちらへと襲いかかってくる。

「よし」

ゆっくりになった世界の中、四方八方から襲い掛かってくる攻撃全てを紙一重で躱《かわ》しながら前進する。それは曲芸師さながらの動き。飛んで、跳ねて、這《は》って、あらゆる角度からの攻撃に対応する。

やがて【樹人】本体へと手の届く距離までの接近を果たすと――接触。続けて身体《からだ》の周りに漂っている魔素を手のひらへと集約させると、それを電気に変えて弾《はじ》き出した。

――《纏雷《てんらい》》

バヂン、と音を立てて可視化する白雷。その量は微々たるものだが、数瞬【樹人】の動きを奪うには充分な威力が宿っていた。

『――――――――』

硬直する【樹人】の身体。

僕は、瞬《まばた》き一つする暇も惜しむように腰から短剣を抜き放つ。そして繰り出すのは、膨大な量にモノを言わせた斬撃の嵐。

五閃、一〇閃、一五閃……そして二〇閃にも届かないうちに【樹人】は絶命した。

『悪くねェ！』

イゼのそんな言葉を耳にしながら、僕は短剣を鞘《さや》へと収める。

そしてこの日、僕は――《二級》闘技者への昇格を言い渡された。

「《硬度《ポテンシャル》》――【1015】です」

いつもの【氷霊】のギルドの鑑定所にて、僕の《硬度》を計測した受付のお姉さんは頰《ほお》を痙攣《けいれん》させながらそう口にした。

聞き耳を立てていた【氷霊】のギルドの冒険者たちの間に、ざわめきが走る。というか僕自身も、その《硬度》を耳にして呆気《あっけ》にとられた顔をしていた。

現実感が伴わないまま、僕はアンクレットを受け取る。

――《硬度》【1015】。

確か、二か月くらい前に聞いたシティさんの基礎《硬度》が【1120】だった。

……ということはつまり、《深度《クラス》》による恩恵の影響を考えなければ、数値上での僕とシティさんの実力差はもうほぼないってこと？　深化を果たして《深度》【Ⅱ】になれば、完全に【淑姫《しゅくき》】と対等な敵手《ライバル》になれるってこと？

――手が、届きかけてるってこと？

『一〇〇日後のアイルには――今のわたしと《決闘》をしてもらいます』

かつてシティさんと交わした決闘の約束が脳内で思い起こされる。

約束の一〇〇日目は……一〇日後。

もしかすると、本当に対等な敵手《ライバル》としてシティさんと相対することができるかもしれない。その事実に胸が高鳴り出す。

「おー、相変わらず凄《すご》い伸び方してるね～」

と、突然隣に現れた師匠が、僕の【精霊結晶】を覗《のぞ》き込みながら言った。

「頑張ってるー？　アイル」

「は、はい」

ジッとこちらを観察してくる師匠の顔を目にして、ふと例の「ズルを疑われた一件」が脳裏に蘇《よみがえ》った。

そして「もしかして今回も？」と、僕はあの時と同様の不安に襲われる。

「さっすがアイル！　相変わらず私の想像なんて超えてきて凄い！」

しかし、いつもと変わらない様子で僕の頭を撫《な》で回してくる師匠に、僕は「杞憂《きゆう》だったか」と胸を撫でおろした。

「でもさ、アイル――結構無茶《むちゃ》してるでしょ？」

「……え？」

無茶してる？　僕が？

「……」

言われてみれば、そうかもしれない。

『負けられない』『勝ちたい』

敗北への恐怖からか、もしくは勝利への執着からか。気づけば最近、常にそんな言葉を頭の中で繰り返しているような気がする。

これまで積み重ねてきたものがたった一つの敗北で脆《もろ》くも崩れ去ってしまうのではないかという不安な思いからくる恐怖。おそらく、それが一番大きいんだろう。

「そんなアイルちゃんに、一つ助言をしておこうかな」

「え？」

師匠はポカンとした顔を浮かべる僕の頭を一際優しく撫でて、言う。

「人は進化を余儀なくされるその時に備えて、命を懸ける覚悟を持つ必要がある」

「命を、かける」

「そう！　言っておくけど、それは『死ぬ覚悟』じゃないからね！　命を懸ける覚悟っていうのは、『何が何でも絶対に生き抜いてやるぞ！』っていう強い意志のこと」

師匠は真剣な顔で紡ぐ。

まるで「アイルの心の内なんてお見通しなんだから」と僕へと訴えかけるように。

「どんなにかっこ悪くたって、情けなくたって、手を伸ばした選択肢が『死』以外ならなんだって良い。全身全霊を懸けた戦いの先に選んだ選択肢に正否なんてものはないの。生きていることに意味がある。生きてさえいれば、機会なんていくらでも訪れるから」

その言葉一つ一つを聞くたびに、心と体が軽くなっていく。

その言葉一つ一つが、僕の柔らかい部分へと刺さってくる。

「アイルには最初に『走り続ける』って課題を課したでしょ。それも命を懸ける覚悟の支えとするために課したんだ」

そして師匠は、言った。

「――もしもの時は、勇気なんて置いて逃げること」

それが、最も大事なことであると言うように。

「逃げても良い。ただ、走ることはやめないこと。走って走って走り続ける。それが遠回りであろうと、走り続けていれば勇気なんてものは後から付いてくるのさ」

そして師匠は大きく笑った。

「もしもの時は……逃げていい」

臆病な自分が嫌で、逃げることが嫌で、目の前の壁から目を背けることが嫌だった僕にとって、それはとても違和感のある言葉だった。

逃げたら駄目だ、逃げたら駄目だ。逃げるな、逃げるな、逃げるな。
そう自分に言い聞かせて九〇日の修行を耐えてきた僕を、否定するような言葉だった。

だけど、なんだ――……別に逃げてもよかったのか。

あの師匠が言っているんだ。「もしもの時は勇気なんて置いて逃げていい」って。
なら、それが正しいんだろう。
「すごいなあ」
敵《かな》わない、と。心からそう思った。
僕がずっと悩んでたことなんて、師匠の言葉一つで吹き飛ばされてしまう。
――これがベルシェリア・セントレスタ。
――これが、世界最高峰の主役の一人と呼ばれる存在。
憑《つ》き物の取れたような表情を浮かべる僕を見て、師匠は一際眩《まぶ》しい笑顔を浮かべた。
『……おい、大将ァ』
「……？」
『……んや、なんでもねェ』

2

「ようやく来ましたか、アイル」

「はい、シティさん」

《二級》闘技者への昇格を果たした日から九日後。修行開始から九九日目。そして、シティさんとの決闘の日の――前日。

闘技者の控え室で、僕とシティさんは向かい合いながら立っていた。

「明日ですね」

「はい、明日」

「今の《硬度》《ポテンシャル》は？」

「【1250】になりました」

そう告げると、シティさんは驚いたように目を見開いた。

「わたしとの《硬度》の差は……ほとんど埋めてきましたか」

「は、はい」

「でも《深度》《クラス》は【I】のまま。……実力には倍の隔たりがありますけど？」

「大丈夫……じゃないかもしれません。でも、色々と考えはあります」

「そうですか。じゃあ明日は手を抜かなくてもいいんですね？」

「はい」

「楽しみにしておきます」

「こちらこそ」

お互い背中を向け合うのと同時に、僕たちは歩き出す。

今日の出番は僕が最初。シティさんは最後。

僕は《二級》に昇格して初めての一戦。シティさんは《一級》昇格のかかった一戦。

僕たち二人、どちらも今日は大事な一戦に臨む。

これは──明日の決闘の前哨戦《ぜんしょうせん》だ。きっと僕だけじゃなくて、シティさんも同じように思っていることだろう。

長い廊下を抜けて、多くの視線が降り注ぐ闘技場の中心へと立つ。

「ふーっ……よし」

今日はいつもと違って身体《からだ》が軽かった。

心も鏡のように凪《な》いでおり、ちょっとやそっとじゃ動じることはないと断言できる。

そっと胸に手を当てる。そして、自分の中に「命を懸ける覚悟」が確かに宿っていることを確認する。

──もしもの時は、勇気なんて置いて逃げること。

頭の中で、師匠の声を纏《まと》ったそんな言葉が再生される。

逃げてもいい。ただ、走ることだけはやめない。そうしていれば、勇気なんてものは後から勝手に付いいてくる。……この教えが、今の僕を支えてくれている。そしてきっと、これからもずっと支えてくれる。

だから僕が挫《くじ》けることはない。この言葉によって心の中が澄みきっている限り、必ず。

そう自分を奮い立たせた直後、視界の奥にある鉄格子が音を立てて崩れる。

そして、いつものように相手となる魔獣が――


『――――ヴヴゥ』


「……え？」

聞こえたそのたった一つの唸《うな》り声に、全身の皮膚が一気に粟立《あわだ》った。

あ。

なんだ。

寒い。

違う。

――怖い。

無理《むり》矢理《やり》ほじくり返される、記憶の奥底に封じ込めていた記憶。

それは、まるで心臓の内側を大量の百足《むかで》に這《は》いずり回られているような怖気《おじけ》。

それは、ようやく固まった瘡蓋《かさぶた》を力一杯剥《は》がされたような衝撃。

それは、僕にとっての恐怖の象徴。

澄みきっていた心の中に黒い雫《しずく》が滴り落ちる。それは瞬く間に身体《からだ》の隅々へと伝播《でんぱ》していき、僕を恐怖で染め上げた。あれだけ軽かった身体が、今は鉛のように重い。

そして――檻《おり》の奥から、その絶望は顔を出す。

「ひっ」

忘れられない。忘れるはずがない。

――【大鬼《オーガ》】。

生まれて初めて対面した、死という概念の体現者。

僕の中で「死」や「痛み」と並び立っているほどの、根源的恐怖。

それは二か月前、なんの力も持たなかった僕の前に立ち塞がってきた存在。一度、僕の根幹にあった主役への憧れというものを粉々に打ち砕いた存在。

怖い。コワイ、コワイコワイコワイ。

『オイ！　大将ァ！　どうしたッてんだァ！』

五臓六腑《ごぞうろっぷ》が竦《すく》みあがっていた。

ぐわんぐわんと視界は歪《ゆが》み、イゼの声もどこか遠くに感じられる。

檻から放たれた【大鬼】は僕という獲物を視界に捉えるや否《いな》や、足音で無慈悲な旋律を奏で始めた。一歩。また一歩と。

それは、狂気の笑みを浮かべながら動けない僕の元へと近づいてくる。

「――」

なにをしてるんだ。なにをしてるんだよ、僕。

こういう時、臆することなく敵に立ち向かえるように、ずっと修行してきたんだろう。

思い出せ。これまでの修行の日々を。思い出せ、思い出せ、思い出せ。

思い出せ…………………………あれ。思い出せない。頭の中、真っ白だ。

ただ――こわい。

修行の日々なんて、そのたった一つの色で塗りつぶされてしまう。

修行で培った自信なんて、そのたった一つの感情に打ち砕かれてしまう。

怖い怖い怖い怖い怖い怖い怖い怖い。

無理無理無理無理無理無理無理無理無理。

『――もしもの時は、勇気なんて置《お》いて逃げること・・・・・・』

唯一、師匠からの「命を懸ける覚悟《しえ》」だけが頭の中でハッキリと再生される。

そうだ、逃げろ。
逃げろ。逃げろ。逃げろ。逃げろって。
「……ぁ」
——ああ、だめだ。
——からだ、動かないや。
高く振り上げられる拳。その影を浴び、僕は一瞬先の死を悟った。
そして——目の前に降り立つ純白の後ろ姿を見た。

＝＝＝＝＝

気付けば、わたし——シティ・ローレライトの身体《からだ》は勝手に駆け出していた。
懊悩《おうのう》を置き去って。
迷いを置き去って。
躊躇《ちゆうちよ》を置き去って。
理性を置き去って。
恐怖を置き去って。

期待を置き去って。

なにもかも、全部全部。全部全部全部全部全部置き去って。

『アイルちゃんは、冒険者の世界では早死にするタイプの人間だ』

いつだったか。

師匠に向けて放った「どうしてアイルを弟子にしようと思ったのか」という質問に返ってきた答えが、頭の中で鮮明に再生され始める。

『本当はそんな子に冒険者なんてやってほしくない。でも、きっとアイルちゃんは夢を諦めきれずに、私の後を追ってこの世界へと踏み込んでくる』

『だったらせめて、「弟子」という形で私の近くに置いて、アイルちゃんが大人になるまでの間は守ってあげないとって、そう思ったんだよね』

『でも、私がアイルちゃんの傍《そば》にいられない瞬間っていうのは、どうしても訪れる』

『その時は――私の代わりに、シティが弟弟子を守ってあげてね』

「ッッッ！」

師匠の言う「その時」とは今まさにこの瞬間なのだと、わたしは直観的に悟っていた。

誰かが介入しなくては、きっとここでアイルは何もできずに殺されてしまう。

駆け出しの頃に刻まれた【大鬼《オーガ》】という名の心の傷《トラウマ》を突然呼び起こされ、ずっと燻《くすぶ》り続けていたアイルの中の恐怖という感情が爆発してしまったのだ。

これは予感じゃない。確信。アイルは死ぬ。

だから、助けなくてはいけない。

――しかし、
ここで「アイルの助けに入る」という行為は、この闘技場で最も忌むべき禁止事項とされている「他闘技者の戦いへの介入」になる。

もし、その鉄の掟《おきて》を破ることになれば、わたしは忌むべき者として人々から非難の視線と言葉を向けられる存在へと成り下がってしまうことだろう。

そうなれば、すぐそこに見えている《一級》闘技者の資格を掴《つか》めなくなるどころか、この闘技場に立ち入ることすら一生できなくなってしまう。

そして――【淑姫《しゅくき》】という名前は地に落ちることになる。

期待から失望へと変わる民衆の目。

地に落ちる、【氷霊】のギルド内での立場。

侮蔑にまみれるシティ・ローレライトという名前。

その光景を、想像してみる。

そして――それら全てを「鬱陶《うっとう》しい」と蹴りつけた。

アイルを見殺しにして保った体裁になど、価値はない。そんなものいらない。
師匠と交わした約束。それを果たす。そのために、わたしは助けるのだ。
行け、行け、行け。
わたしだけだ。
あの【大鬼《オーガ》】がアイルにとっての恐怖の象徴であることを知っているのは。
わたしだけだ。
アイルが対峙《たいじ》している魔獣に、真っ向から立ち向かうことができるのは。
わたしだけだ。
この大勢の中で、鉄の掟を破ってでも飛び出すことのできる人間は。
わたしだけだ。
——今、アイルを助けられるのは。
「わたし、だけだッ！」
そこはまるで、わたしが殻を破るためだけに意図的に用意された舞台のようだった。
わたしが殻を破るために必要となるもの全てが、そこには揃《そろ》っていた。
あとはそれを、わたしが自分の意志で拾い上げるだけ。
そしてわたしは、わたし自身を苦しめていた『弱い自分』と決別する。
視線なんて、期待なんて、もうどうだっていい。

わたしが信じるのは、もう自分だけだ。

「あああァ！」

『ガ――ァ!?』

観客席から飛び上がり、【大鬼《オーガ》】の目の前へと着地。

闘技場の中心へと落雷のように降り立ったわたしは、アイルに「死」を振る舞おうとしていた魔獣の拳をつま先で蹴り上げた。

その衝撃を受けて僅かに後退《あとずさ》る魔獣。

そして食事を邪魔された怒りからか、その相貌には憤怒《ふんぬ》の感情が宿った。

「ふッ」

疑問、不審、困惑。観客から向けられるのは、これまで【淑姫《しゆくき》】シティ・ローレライトが受けていたものとは全く異なる視線。賞賛や期待からは程遠い視線。

だからどうした？

わたしは、むしろ晴れやかな気分でその視線を浴びていた。前を向いていた。

「そこを退《ど》け、運命《オーガ》」

自分を縛り上げていた鎖を引き千切る。

今ならなんだってできそうな気がした。

「〃わたしが通る〃」

それは、今のわたしの全てを表した言葉。

それは、今の【淑姫《しゅくき》】の魂の髄から上がった言葉。

それは、殻を破ったシティ・ローレライトの証明そのもの。

明確な輪郭を持ったその台詞《せりふ》に呼応するかのように、何かが胸の内へと湧き上がる。

そして――わたしの【精霊結晶】が、眩《まばゆ》い光を放った。

＝＝＝＝＝

闘技場を埋め尽くす幻想的な光。可視化するほどの精霊の濃度。

そして――目を灼《や》かんばかりの【精霊結晶】の輝き。

僕は確かに、怪物と対峙《たいじ》するシティさんの背中に主役の姿を見た。そして理解する。

たった今、シティさんは壁を突き破ったのだと。主役の資格を手にしたのだと。

「――【淑女の一閃《レディー・ファースト》】」

少女は腰の短剣を抜き、そう言い放つ。

淑《しと》やかと表現するに相応《ふさわ》しい佇《たたず》まい。地面と水平になる形で構えられる短剣。

瞬間、視界全体に冷気を纏《まと》った白霧が巻き上がった。猛烈な大寒波の中心に立つ少女が、手に持つ短剣へと冷気を収束させていく。

そして、氷煙を纏う氷漬けの剣身がその姿を露《あら》わにする。

『【ギフト】を発現させやがッたなァ』

そんなイゼの声がやけに鮮明に脳内に響いた。

――【ギフト】。

無限の可能性からの贈り物。

己の中に芽吹く、その人だけの力。

自分の全てを受け入れ、曝《さら》け出した者の魂の証明。

――魂から紡がれた台詞に宿る【言魂《ことだま》】によって引き出される力。

台詞《ことば》。

それはその人そのもの。

たった一つで、前向きにも後ろ向きにもなれるもの。

台詞《ことば》。

それは最も信頼の置ける武器。

本音はその武器を研ぎ澄ませ、嘘《うそ》はその武器を曇らせる。

紡ぎ手によって千差万別に変化する台詞《ことば》。それを魂の髄まで剥《む》き出しにした台詞へと昇華させた時、それは具象化した可能性として紡ぎ手の身体《からだ》へと宿る。


『〝わたしが通る〟』


シティさんはその台詞をもってして、力を手にするに至ったのだ。

全ては、僕を守るために。全ては、目の前の敵を打ち破るために。

『ヴヴゥァ』

大寒波に気圧《けお》されるように、【大鬼《オーガ》】は後退した。

怪物の相貌を支配しているのは、怯《おび》え。先ほどまで張り付いていた狂気の笑みは、今や跡形もなく消え去ってしまっている。

なんて頼もしい。

シティさんの勇ましい背中を見て、そう思った。

みっともなく座り込んで、僕は安堵《あんど》や安心といった感情を享受していた。

……チク、と胸を針で刺されるような痛みに気付かないフリをして。

「わたしはもう、止まりません」

それは、自分に向けての言葉なのか、観客に向けての言葉なのか。それとも僕に向けての言葉なのか。

答えはシティさんにしか分からない。シティさんしか知らない。

ただ、少女は振り返らなかった。前だけを見ていた。

きっとこの【大鬼】への勝利をもって、【淑姫《しゅくき》】は大空へと飛び立つ。僕の目なんか届かないほどの高みまで。

気付けば僕は、その背中に手を伸ばしかけていた。

だけど、もう遅い。

「ッッ」

僕の視界に残像だけを残して掻《か》き消えるシティさんの背中。そして、僕は何よりも美しい剣の軌跡を見た。

限界まで研ぎ澄まされた一閃《いっせん》を。極限まで洗練された一撃を。

氷煙の尾を引きながら空を切り裂いていくその銀閃《ぎんせん》は、寸分の狂いもなく【大鬼】の喉元を捉える。

――パキン。

響く、怪物の命を刈り取った音。あまりに静かな決着の合図。

視界の奥で地面に着地する白の少女。少し遅れて崩れ落ちる、首なし【大鬼《オーガ》】の巨体。

そして訪れる、静寂。

誰もがそこから目を離すことができなかった。

誰もがシティさんが生み出した氷煙の軌跡に目を奪われていた。

自分は今、この先世界へと羽ばたいていくであろう少女の羽化の瞬間を目撃しているのではないか。この光景は、ここにいる全ての人にそんな思いを抱かせているに違いない。

「す……げ、ぇ」

不意に誰かがそう零《こぼ》した。それを起点として、次々に伝播《でんぱ》してゆく熱。

この光景を見せられて、シティさんのとった「戦いへの介入」という行為を咎《とが》めようとする者はここにはいなかった。やがて、人々は歓声の渦に呑《の》み込まれる。

そして、一気に舞い上がる【祝福《ファンファーレ》】。

その佇《たたず》まいに、誰もが主役の姿を重ねて見たに違いない。僕だって重ねた。

短剣を鞘《さや》に収める少女の背中。その姿を前にして、僕は呆然《ぼうぜん》と座り込むことしかできなかった。

＝＝＝＝＝

溢《あふ》れんばかりの【祝福】が闘技場を満たす。

発露した魂の輝き。新たな【ギフト】誕生を祝う光。

少女は、誰よりも本能に従順《じぶんかって》な台詞《ことば》に宿った【言魂《ことだま》】によって進化を遂げた。

そして――

「ふふっ」

一人の少女が導き出したその魂の証明を目にして、
一人の少女によって紡がれたその台詞《せりふ》を耳にして、

「筋書《シナリオ》き通り」

闘技場という舞台を見下ろしていた銀髪の淑女――【迅姫《じんき》】ベルシェリア・セントレスタは、微《かす》かな笑みを浮かべた。

3

逃げるように闘技場を後にした僕は、ふらつく足取りで帰路を歩いていた。

闘技場での光景が何度も何度も脳内で再生される。シティさんの背中がまぶたの裏に焼き付いていて、離れてくれない。

そして中でも、自分の晒《さら》した無様な体たらくがより鮮烈に思い起こされる。

シティ・ローレライトという『主役』と、アイル・クローバーという『端役《はやく》』。

先ほどの光景は、まさにその構図を浮き彫りにしていた。

……なにも、できなかった。初めて【大鬼《オーガ》】に遭遇した日のように、シティさんに守られることしかできなかった。あの日から、僕は何一つ変わっていなかった。

『オイ、大将ァ』

──と。闘技場を出てからずっと口を閉ざしていたイゼの声が、頭の中に響く。

同時に、僕は目の前に立ち塞がっている一人の人物の存在に気づいた。

「ガルバーダ……さん？」

──【獣躙《じゅうりん》】ガルバーダ・ゾルト。

師匠と並んで【氷霊】のギルドの双璧をなす存在。紛《まが》うことなき最強の一角。

そして、僕が汚した凱旋《がいせん》道上を先頭に立って歩んでいた人物。まさにその人。

奇《く》しくも、僕が《剣の都》に足を踏み入れたあの日と同じように大通りの真ん中で向かい合う僕とガルバーダさん。

「なん、で」

そして気付けば、僕はそんな言葉を口にしていた。

「そう警戒しないでくれ。私は、キミと話をしに来ただけだ」

僅かな優しささえ感じられる口調で紡がれたそんな言葉に、僕は身体《からだ》の力が一気に抜けるような感覚を覚える。

ガルバーダさんは「場所を変えよう」と口にすると、路地裏に向かって歩き出した。

僕は黙ってその後ろについていく。

「――君はまるで、昔の私だ」

そして振り返ると同時にその口から放たれた言葉に、僕は固まった。

「いや、正確には『君たちはまるで、昔の私たちのようだ』と表現する方が正しいか」

真っすぐこちらを見据えてくるガルバーダさんの表情は真剣そのもの。

震える息ごと唾を飲み下して、僕はその視線を受け止める。

「世界の誰もが認める主役――【迅姫《じんき》】ベルシェリア・セントレスタが完成に至るまでの過程には、【獣躙】ガルバーダ・ゾルトという当て馬の存在があった」

そしてその言葉を耳にし、僕は眉根を寄せた。

「あて、うま？」

「ああ。人々は世界最高峰のギルドの双璧などと言って私たちを持て囃《はや》してくるが、それは虚構にすぎない。紛《まが》うことなき『本物』であるベルシェリアに対して、私はただの『本物になり損ねた半端者《はんぱもの》』だ」

　自嘲するようにして言うガルバーダさんを前にして、僕は押し黙る。

「――無冠の帝王」

「え？」

「この言葉を、聞いたことがあるか？」

　突然そう尋ねられ、僕は正直に首を横に振る。

「これは、ベルシェリアたち――《再来の世代《第四世代》》の主役たちがつけた、私の通り名だ」

「っ」

「ヤツら曰《いわ》く、冒険者の世界で第一人者の実力を有していながら、一度も【英雄録】に主役として名を刻んだことがない男に相応《ふさわ》しい肩書き……だそうだ」

　呆然《ぼうぜん》とする僕を見て「話を戻す」と零《こぼ》すと、ガルバーダさんは続ける。

『――英雄には【設計図】がある』

『――主役とは作り出せるものだ』

「ベルシェリアはそう言っていた。そして、その過程で欠かすことのできないスパイスとなるもの。それが好敵手と言えば聞こえの良い『当て馬』という存在だ」

「――」

ドッドッと加速し始める心音。歪《ゆが》みだす視界。

「誰しも、巨大な壁を乗り越えるのに一人の力では限界がある。アイツもかつてはそんな壁にぶつかっていた。それを乗り越えるための当て馬とされたのが私だった。そしてアイツは『本物』となった。私という存在を踏み台にしてな」

「そん、な」

話を聞いていくにつれて、僕は息が苦しくなる感覚に陥っていった。

拭えない既視感。

……重なる。重なってしまうのだ。ガルバーダさんが語る境遇と、僕の境遇が。それはもう気持ち悪いほどに。

想起されるのはシティさんの背中。

……そうだ。そうだ。まさに今日。それも、ついさっき。

僕はその光景を目にしたじゃないか。経験したじゃないか。

忘れるはずもない。成長の糧《かて》とされた感覚。シティさんが主役へと飛び立つための踏み台にされた感覚。

「全てはベルシェリアの筋書き通りに進行してゆく。ヤツは今日、キミという存在を利用してもう一人の自分を作り出したのだ。【淑姫《しゆくき》】という名のな」

じゃあ、じゃあ。

師匠はこれまで、僕をその『当て馬』としか見てなかったということ？

シティさんの殻を破るための糧《かて》としか考えてなかったということ？

師匠にとって僕は、シティさんのついでだったということ？

──僕に期待しているという言葉は、嘘《うそ》だったということ？

「っ」

吐き気。虚無感。喪失感。そういった感情が激流のように押し寄せてくる。

……そうか。そうだったのか。

僕はずっと──期待なんてされていなかったんだ。


「この数か月、ベルシェリアは絶えず私を監視していた。おそらく、私が君に接触することで手元の筋書きに狂いが生じることを危惧したからだろう」

ガルバーダさんが何かを言っている。

「それでようやくヤツの気が私たちから逸《そ》れたと思えば、これだ」

だけど、何一つ僕の耳には入ってこない。

「ヤツを止められず、すまなかった」

なにも……考えられない。

「だがどうか、主役になることを諦めないでくれ」

ガルバーダさんの背中が遠ざかっていく。

そして、裏路地には僕一人だけが取り残された。

「……ねえ、イゼ」

『あァ？』

しばらく黙り込んだ後、僕はおもむろに口を開いてイゼの名前を呼んだ。

「一つ、お願いしても良い？」

『お願いだァ？』

「うん」

震える声で言う。

「師匠が本当に僕のことを当て馬としか見ていなかったのか……確かめてほしいんだ」

もしかすると全てガルバーダさんの嘘かもしれない、と。

心の中で現実逃避をしながら。

＝＝＝＝＝

満月が空に浮かぶ夜。

精霊序列一位――【氷霊】のギルド本部。

王城のような外観を誇るその建造物の最も高い場所に位置している豪奢《ごうしゃ》な部屋。選ばれた者しか立ち入ることを許されていない場所。

その広間には二つの影が照らし出されていた。

「今日は月が綺麗《きれい》だねー」

片や、妖精のような容姿を持つ淑女――【迅姫《じんき》】ベルシェエリア・セントレスタ。

「……」

片や、野獣のような眼光を光らせる大男――【獣躙《じゅうりん》】ガルバーダ・ゾルト。

月明りの下、【氷霊】のギルドの双璧をなす二人が相対していた。

「で、こんなとこに呼び出して、何の用？」

「……これから、私の質問に答えてもらう」

「質問ー？　まあ、いいよ。今日はすごく機嫌が良いからね。三つだけ答えてあげる」

どうして機嫌が良いのか、とは質問しなかった。代わりに顎の骨が軋《きし》みを上げるほどの強さで奥歯を噛《か》み締め、相手を睨《にら》みつける。

「今回は、どこからどこまでがお前の筋書き通りだ」

「へ？　全部だけど」

なに当然のことを聞いてるんだ、とでも言いたげな顔でベルシェリアは言う。そこに悪気の色なんてものは一切ない。ただ、純粋な呆《あき》れの色が浮かんでいるだけ。

呆然《ぼうぜん》とするガルバーダの前で、淑女は続ける。

「起で『主役』の器を持つシティと『端役《はやく》』の器を持つアイルを引き合わせて」

「承で二人を高め合わせて」

「転でアイルをきっかけにして、シティを真の『主役』の器へと昇華させた」

それは『これまで』の筋書き。

「あとは──結。殻を破った【淑姫《しゆくき》】の力を世界に轟《とどろ》かせて、この筋書きは完成」

そして、ベルシェリアは『これから』の筋書きを嬉々《きき》として繋《つな》げた。

「お前はいったい……シティ・ローレライトをどうする気だ」

「私はあの子を【迅姫《わたし》】に匹敵する主役にまで押し上げるつもりだよ」

確固たる意志の籠った深紅の瞳が大男へと向けられる。

「あの子の資質は底知れないよ。あの子とだったら、私はもっと上に行ける。私自身の【設計図】において、あの子は欠かせないスパイスになり得る。そう確信してる」

「……っ」

「だから、育てて、育てて、育てて、あの子を私の境地に引っ張り上げて」

そして、と。息継ぎをするように言葉を区切った淑女は、

「最後には──私と本気で戦ってもらうの」

両手を胸に抱き込んで、そう口にした。

「な……」

「そしたらそれはきっと、この世界に存在しているどの物語よりも鮮烈な物語として【英雄録】に記されることになると思うんだ」

自分に匹敵する敵手《ライバル》を作り上げるために、才能の種を育てる。

それはつまり……いずれはシティすらも、己の糧《かて》にするということ。ベルシェリア・セントレスタの『当て馬』へと仕立て上げるということ。

その真意に触れたガルバーダは、その瞳に激情を宿してベルシェリアを見る。

「なんて自分勝手なッ」

「本能に従順《じぶんかって》は主役にとって褒め言葉だよ。主役ってのは自己顕示欲の塊だからね。もっと私を見ろ、私だけを見ろ、って。そのためならなんだってする。なんだってできる」

「そッ――」

「あーあーあー！　頭痛くなるから大きな声出さないでー。出されたらもう、答えたくなくなっちゃうかも」

「ッ」

反射的に口を噤《つぐ》み、感情を抑え込むガルーダ。

「よしよし」

まるで使い魔を躾《しつ》ける飼い主のような態度で口にすると、淑女は「それで？」と最後の質問を促した。

大男は血が滲《にじ》むほど唇を噛《か》み締めながら、それに応じる。

「……どうして『当て馬』に選んだのが、あの少年だったんだ」

ガルバーダの脳内に想起されるのは、凱旋《がいせん》道上で初めて目にした少年の姿だ。

怯《おび》え、恐れ、絶望。様々な感情の色が滲んだ表情。自分でまき散らした嘔吐《おうと》物を前にして地面に額を擦《こす》り付けるという、見るに堪《た》えない姿。

あの時点で、その少年が【淑姫《しゅくき》】の敵手に足る器だと見抜いていた者など、恐らくあの場には一人もいなかったことだろう。

そう――目の前の【迅姫《じんき》】という存在を除いては。

「昔から気づいてたんだ。アイルの持つ天性の『端役《はやく》』の才能には」

天性の『端役』の才能。その単語に、ガルバーダの眉間に皺《しわ》が寄る。

「感性が豊か。素直で真っすぐ。器用。根性だってある」

それはアイルに対する【迅姫】の正直な評価。

直接目にしてきた少年の軌跡を辿《たど》るように天井を仰いで、ベルシェリアは語る。

「だけど――臆病」

一切の偽りなく。

「大成するための土台はある。先天的な才能もある。だけど、そのたった一つの性格がアイルの持つ『主役』の才能を『端役《はやく》』の才能へとひっくり返してしまってる。だから、その『端役』の才能を、今回『当て馬』って形で発揮してもらったの」

「――」

直後。ガルバーダの頭に、同じようにして使い捨てられた過去の自分の姿が蘇《よみがえ》った。

沸騰する血液。胸の内を支配する怒りの奔流。

そして抑え込んでいたもの全てを吐き出すように、大男は壁を裏拳で打ち砕いた。

「お前はッ、あの少年の前でも同じことが言えるのか!?　なぜそうやって、人を駒のように利用し、使い捨てることができる……ッ！」

声を荒げるガルバーダを前にし、ベルシェリアは困ったように頬《ほお》を掻《か》く。

「別に私は、人を駒として利用してるわけじゃないよ？」

そして、生徒の間違いを正そうとする教職者のような態度で話し出した。

「人には先天的に備わった性質がある。大きく分けて二種類」

一つが『主役の性質』で、もう一つが『端役の性質』。

人間は生まれ持った方の性質に沿った一生を送ることしかできない。その二つは互いに越えられない柵で仕切られており、自由に行き来することができないからだ。

「つまりね、利用するとかしないとかじゃなくて――結局全ては必然なの」

ベルシェリアは相手を諭すようにして言う。

「『主役側《こっち》』には『主役の人生』が待っていて、『端役側《そっち》』には『端役《はやく》の人生』が待っている。私は、そのそれぞれの人生の引き立て方と魅せ方を知ってて、実践してるだけ。だから別に、私は人を駒として使い捨ててるわけじゃないんだよ」

「そんな言葉で『当て馬』にされた側が納得できると思うか……ッ!?　そもそも、臆病者が主役になれないなどと言う道理は、お前が勝手に作り上げたものだろう！」

「――ううん。それは間違いなく、世界が定めている道理だよ」

「ッッッ」

断言するベルシェリアを前にして、ガルバーダは無意識のうちに後退《あとずさ》っていた。

しかし、淑女は容赦なく言葉の続きを紡いでゆく。

「精霊は魂から放たれる己の証明を求めている」

「つまり『主役』っていうのは、誰よりも自分を信じられる人種のこと」

「生まれ持った本質を、性格を、魂を、一生向き合っていくしかないそれら全てを信じて、信じて、信じて、信じ抜くことができる本能に従順《じぶんかって》な人たちのこと」


――じゃあ臆病者は？

――臆病な自分を信じた先に生まれるものなんて何もないよ？

「……っ」

それが全ての真理であるかのように、ベルシェリアは口にする。

臆病者の全てを否定して。

しかし話はまだ終わらない。何でもない顔をして、淑女は続ける。

「臆病は病気みたいに治せない。だってそれは、魂に刻み込まれているものだから」

――淡々と。

「だから臆病者は変わろうと足掻《あが》く。……まあ、変わろうとするのは立派なことだよ？　だけど、正しくはないの。だって『変わろうとする』ってことは『自分を信じようとしない』ってことだから。本能《じぶん》に従順《かって》になろうとしないってことだから」

――飄々《ひょうひょう》と。

「臆病者は臆病者に生まれた時点で、本能《じぶん》に従順《かって》に生きようとする自分を否定し続けるしかないんだ。そうしないといつまで経《た》っても前には進めないから。でも、自分を信じずして踏み出した一歩に価値はない」

――粛々と。

「変わろうとすればするほど臆病者は弱くなる。かと言って臆病を貫いた先に生まれるものもない。こんなジレンマってないよね」

そして、滔々《とうとう》と。

「でも、仕方ない」

——だって。


「臆病者は生まれた時点で『端役《はやく》』の道を歩むしかないんだから」


そう断言する。

そして、ガルバーダへと突き付ける。

絶対に変わることのない臆病者の存在価値を。ベルシェリア・セントレスタが導き出した【主役の定義】を。

「臆病者じゃあ絶対に主役にはなれない」

「……ッ」

ガルバーダは知っている。一番近くで【迅姫《じんき》】ベルシェリア・セントレスタの軌跡を目にしてきたガルバーダだからこそ、誰よりも分かっている。

ベルシェリア・セントレスタの口にする「絶対」は——絶対だ。

それがこれまでに破られたことなど、一度としてない。

ベルシェリアはその言葉を、ガルバーダたち「臆病者」へと無慈悲に突き付けたのだ。

「ふざ、けるな……」

それでもなお、ガルバーダは食い下がる。

挫《くじ》けない。折れない。抵抗の意思をその瞳へと宿し、相手を睨《にら》み返す。

その姿を目にして——

「……あのさ、流石《さすが》に言わせてもらうけど——そろそろ現実を見れば？」

ベルシェリアは呆《あき》れたようにそう口にした。

「そもそもさ、これまでの戦いの中で、主役になる機会《チャンス》なんてものはガルバーダにもあったよね？　それも、数えきれないくらい」

「っ」

「それなのにアナタは、一度たりとも手を伸ばそうとはしなかった。一度たりとも足を踏み出そうとはしなかった。自分の意志で「動かない」という選択をした。それは——【獣《じゅう》躙《りん》】ガルバーダ・ゾルトがどうしようもないくらいの臆病者だってことを、自分自身で証明してるってことなんとじゃないの？」

「っ、っ」

「被害者面して何でもかんでも私のせいにしてくるの、やめなよ」

「っ、っ、っ」

「気に食わないなら私から離れてしまえばいい。私のことなんて遠ざけてしまえばいい」

「っ、っ、っ、っ」

「だけどそうしない。それってつまり、心の中ではもう『臆病者の立場』ってものを弁《わきま》えてるってことなんじゃないの？　自分が『端役《はやく》』の器だってことを認めてるってことなんじゃないの？」

「っ、っ、っ、っ、っ」

「自分でその事実を受け入れることができないんなら、私がこの場でハッキリと言葉にして教えてあげる」

「――【獣躙《じゅうりん》】ガルバーダ・ゾルトは、【迅姫《じんき》】ベルシェエリア・セントレスタという宿り木から離れられない。私という『主役』がいるからこそ、アナタという『端役』は輝くことができている」


「ッッッッッッ」

全てを聞き終えることなく、ガルバーダは身を翻《ひるがえ》していた。

歯を食いしばり、髪を逆立て、蹴り破ったドアの外へと消えていく。

「……さて」

その背中を見送ったベルシェリアは、その場でグッと伸びをする。

そして、

「ん？」

――なにかいる。

磨き上げられた直観に弾《はじ》かれるようにして、天井へと人差し指を向けた。

直後、氷山の一角かと見紛《みまが》うほどの大きさを誇る氷剣の切っ先が、天井を穿《うが》って夜空へと突き立つ。直撃すれば、どんな冒険者でもきっと無事では済まない。それほどの威力を孕《はら》んだ一撃。

しかし――そこに、人の姿はなかった。

「あれー？　確かに人の気配があったんだけど……」

獲物を逃した感覚に、ベルシェリアは首を傾《かし》げる。

そして氷柱《つらら》の周りに漂う白雷の残滓《ざんし》を視界に映して、僅かにまぶたを震わせた。

4

部屋の隅。僕はそこにずっと蹲《うずくま》っていた。

いったいどれだけの時間が経《た》ったのか、分からない。ただ確かなのは、シティさんと決闘を行うはずだった時間はとうに過ぎてしまっているということだけ。

臆病者の僕は約束から逃げた。逃げてしまった。

……当然だ。仕方がない。だって、絶対に敵《かな》わないと分かっていたから。

完膚なきまでに叩《たた》き潰される未来の自分の姿が見えていたから。

自ら進んで恥を晒《さら》しにいくなんて死んでも嫌だ。そんなことをするのは馬鹿だけだ。

現実を突きつけられてなお滑稽な役を演じ続けられるほど、僕は強くない。

片や『主役』。

片や『端役《はやく》』。

僕が敵《かな》う道理なんてどこにもないのだ。

当て馬の役割を果たした僕はもう用済み。もう、会話を交わすことすら烏滸《おこ》がましい。

……僕たち『端役』は、『主役』の生き様をより引き立てるだけの存在だ。足掻《あが》けば足掻くだけ、それを思い知らされる。

反対に、主役の生き様は僕たち端役の苦悩や葛藤をより引き立てようとしてくる。僕たちは、滑稽な姿だけを克明に浮き彫りにされてしまう。それはもう、痛いほどに。

――臆病者は生まれた時点で『端役』の道を歩むしかないんだから。

師匠の声で繰り返されるそんな言葉が、頭蓋骨にこびり付いて離れない。

聞くんじゃなかった。

イゼに代わってもらってまで、師匠たちの話を盗み聞きしたりするんじゃなかった。

僕のいない場所で師匠の口から紡がれていた言葉。その一つ一つが今でも鮮明に思い出せる。嫌でも思い出してしまう。

パサリ、と。視界の端っこに映る一枚の羊皮紙が木の床へと落ちる。

『気持ち、変わってない？』

そう書かれた手紙。村にいた僕に届いた師匠からの手紙。

あの手紙を受け取った時から、師匠だけが全幅の信頼を置ける存在だった。師匠だけが僕を後押ししてくれる存在だった。不安ばかりの一〇〇日間だったけど、師匠の「期待」があったから、僕は諦めずに走り続けることができたんだ。

だけど、それももうなくなってしまった。

いや、違うか。師匠からの期待なんてもの、最初からなかったんだ。

――アイルじゃ駄目。

――シティじゃ・・・ないと駄目。

言葉にすればたった三文字の違い。

そのたった三文字が何よりも高い壁となって僕たちの間を隔てている。

何をしたって無駄だ。無駄なんだ。

だから、うん。

もう——どうでもいいや。

心にそんな言葉が浮かんだ瞬間、ストンと身体《からだ》が軽くなった。まるで背負い続けてきた重圧から解放されたように。

そして、それに反応するように「ぐぅ」とお腹《なか》が鳴る。

「お腹、空《す》いたな」

僕は食事を取るべく、腰を持ち上げる。

『オイ』

そんな僕を引き止めるようにイゼが口を開く。

僕はその声に、一瞬だけ動きを止めた。

『悔しいかァ?』

そして放たれるのは、そんな問い。

対する僕の口は、考えるよりも先に動いていた。

「悔しくないよ」

それは、ハッキリとした声音で口から零《こぼ》れ出る。

悔しくない。うん、悔しくない。だって、僕にはもう関係のないことだから。

『そうかァ』

最後にそんな呟《つぶや》きを落として、イゼは口を噤《つぐ》んだ。

しかし、それから事あるごとにイゼは『悔しいか？』と聞いてくるようになった。

世間話や軽口は一切ない。悔しいか、悔しいかと、ひたすらそれだけを聞いてくる。

食事中。食事の後。歩いてる時。走ってる時。寝る前。起きた後。

いつでも。どこにいても。何度も、何度も、何度も。繰り返し、繰り返し、繰り返し。

一日、二日、三日、四日、そして五日と。

最初こそ「悔しくないよ」と一回一回返していた僕だけど、途中からはそれを鬱陶《うっとう》しく感じるようになり、気付けば反応すらしなくなっていた。

聞こえないフリ。知らないフリ。何度聞かれてもそれを突き通す。

『オイ』

「……」

『悔しいかァ？』

それでもイゼは懲りずにそう問いかけてきた。本当にしつこく。

『悔しいかァ？』

悔しくないよ。

『悔しいかァ？』

悔しくないって。

『オイ』

だから。

『――悔しいかァ？』

だからッ。


「悔しくないワケ、ないッ！」


それは魂の髄から放たれた言葉だった。

行き場を失っていた感情が出口を見つけたように口から溢《あふ》れ出てくる。

五日ぶりの大声に、ぐわんぐわんと揺れる視界。だけど、もう構わない。

「悔しいに決まってる！　現実から目を背けてないと、おかしくなりそうなくらいッ！」

止まらない。止められない。

『ああ、それで？』

それは、久し振りにイゼの口から出た『悔しいか』以外の言葉だった。

『それだけじゃねェだろ？　全ッッッ部言葉にしてぶち撒《ま》けろァ。続きはそれからだァ』

「っ」

瞬間、自分の中にある箍《たが》が外れる音を聞いた。堰《せき》を切ったように押し寄せてくる感情。

僕はそれに呑《の》まれそうになりながら、口を開く。

僕は――僕はッ。

「自分自身が、恥ずかしい……ッ」

水気を帯びていた瞳から、涙が溢れた。

情けない自分。どうしようもない自分。誇れるものなんて一個もない自分。

そして――臆病者に生まれてしまった自分。

師匠の言うように、こんな風に生まれてしまった僕自身が一番悪い。

こんな僕に一番嫌気がさしているのは僕だ。僕は僕が恥ずかしくて堪《たま》らない。

「だけどッ！」

だけど、腹が立った。

これまでの僕を否定されて。これからの僕を否定されて。僕自身の全てを否定されて。

悔しいと思った。見返したいと思った。認めさせたいと思った。

もっと。もっともっと強くなりたいと、そう思った。

立ち止まりたくない。諦めたくない。

主役になれないと口で告げられて「そうですか、分かりました」と簡単に諦められるほど、僕は物分かりの良い人間じゃない。端役《はやく》という立場でも物語に関《かか》わらせてもらえるだけ恵まれていると、そうやって自分を宥《なだ》められるほど僕は無欲でもない。

——ベルシェリア・セントレスタがどれほどの高みにいる存在なのかを知りながら、それでも「自分もその高みへと至りたい」と手を伸ばした愚か者。

——臆病者のくせに向こう見ずな馬鹿。

それが僕だ。それがアイル・クローバーだ。

一生『主役』にはなれないのかもしれない。

一生『端役《はやく》』のままなのかもしれない。

一生『臆病』を抱えて生きていくしかないのかもしれない。

でも、そんなことを考えるのは後回しにしてとにかく走り出す。きっとそれが僕にできることだ。僕にしかできないことだ。

だから——どんな苦難が待っていようと、絶対に主役になってやる。

僕は涙を拭って顔を上げた。

『やアアアアアアアッとマシな顔になッたなァ！』

イゼは嬉《うれ》しそうにそう口にし、『よく聞けやァ！』と続けた。

『何が正解かァ。何が間違いかァ。何を貫けばいいかァ。何と向き合えばいいかァ。こんなちッぽけな部屋の中であれこれ考えて、答えを導き出そうとすンじゃねえ！　それは時間が解決してくれる問題かァ？　違《ちげ》ェだろァ！　その答えはァ、闘いの中にしか眠ッてねェ！　死闘に身を投じずして答えを導き出そうなんてのはただの甘えだァ！』

『命を懸ける覚悟なんかいらねェ！　ンなのどォ――だッていい！　いいかァ、でけェ壁を前にして生まれる選択肢は「立ち向かう」か「逃げる」かの二つじゃあねえ！「越える」か「越えられない」かの二つなんだよァ！』

『今日逃げたら明日はもッとでけえ覚悟が必要になるァ！　明日逃げたら明後日《あさって》はもッと！　明後日逃げたらその次はもッとだァ！　だからァ、後先なんか考えず突っ込みやがれェ！　それが正解だァ！』

「ッッッ」

『何度だって言ッてやるァ――逃げンじゃねえッ！　ヴォケ！』

その声に、その言葉に、その叱咤《しった》に、心がビリビリと痺《しび》れた。

――命を懸ける覚悟。

それはつい最近師匠の口から聞いた言葉。師匠からの大切な教えとして胸に深く刻まれていた言葉。

イゼはそれを真っ向から否定した。真っ向から否定し、踏みつけた。

戦うと死ぬかもしれない相手を前に「逃げる」か「立ち向かう」か。

イゼの主張と師匠の主張。相反する二つの意見。僕にはそのどっちが正解かなんて、正直分からない。

だけど、走り続けてさえいれば、その答えは自《おの》ずと見えてくる。そんな確信があった。

だから——

「強く、なってやる」

僕は決意を固め、そう呟《つぶや》いた。


早朝。僕は装備を整えて魔獣の森の前に立っていた。

『おさらいすんゼェ、大将ァ！』

「うん」

僕は準備運動をしながら、イゼの話に耳を傾ける。

『あの女は手のひらの上で大将たちのことをうまく転がしてるつもりみてェだがァ、ヤツの手のひらの中にはたッた一つだけ異常因子《イレギユラー》が存在しているァ』

「それが——イゼ」

『そォだァ！』

イゼによってもたらされた【ギフト】という名の恩恵。それは師匠の筋書きには存在していない要素だ。

つまり、僕が【ギフト】の力を引き出せるようになればなるほど、師匠の筋書きには歪《ゆが》みが生じていくことになる。そう考えると必然的に「これから僕がやるべきこと」は浮き彫りになっていく。

それは——【ギフト】の力を最大限に磨き上げられる環境へと身を投じることだ。

『つうわけで、森籠もりをするァ！』

と、高らかに宣言したイゼに僕は首肯を返す。

常に魔獣の脅威と隣り合わせという極限の緊張感の中で、【飢えた万雷《ハングリィ・ダンプティ》】の感覚を研ぎ澄ませていく。そのための森籠もりだ。

『そんでェ、その中でェ——』

「心の傷《トラウマ》の原因である【大鬼《オーガ》】を倒す……でしょ？」

『そォだァ！』

頭の中に貼りついて離れない敗北の象徴。僕の成長の過程に影を落としている負の鎖。

目の前に立ちはだかっている巨大な壁。

その【大鬼】という壁を突き破って、僕は臆病な自分と決別する。

「いこう」

地面を蹴る音を置き去りにし、僕は道なき道を走り出した

A HEROIC RECORD
FOR YOU

第六章『臆病者の証明』

1

――魔獣の森にバケモノが出た。

その噂《うわさ》が流れ始めたのは、アイルが森に籠ってから七日が過ぎた頃のことだった。

都を駆け巡る多くの冒険者たちの訃報。次々と【癒霊】のギルドに担ぎ込まれてくる怪我《け》人《がにん》たち。不気味な気配が《剣の都》を蝕《むしば》んでいく。

剣士は言う。その化け物は冒険者を殺しては死体から武器を剥《は》ぎ取っていた、と。

魔法使いは言う。その上皮は【魔法】攻撃を意に介さないほど厚く硬かった、と。

荷物持ちは言う。その眼光は魔獣すら竦《すく》み上がらせるほどの鋭さを秘めていた、と。

その魔獣の名は――【大鬼《オーガ》】。

「それもただの【大鬼】じゃねえ……【亜種】だ」

意識を取り戻した熟練の冒険者は震えながらそう零《こぼ》した。

――【亜種】

それは一〇〇〇〇〇分の一の確率で生まれるという特殊な魔獣を指す言葉。

瘴気《しょうき》の鎧《よろい》。脅威の自然治癒力。魔獣を従属させる瞳。常軌を逸脱した生命力。

千差万別の力を先天的にその身に宿し、魔獣の【亜種】は世界へと産み落とされる。

数十から数百人規模の討伐隊を編成して迎え撃たなければならない脅威。それほどまでの存在が、《剣の都》に隣接している魔獣の森に姿を現した。その報《しら》せに、冒険者たちは戦慄していた。

「あの【大鬼《オーガ》】ッ、腕を四本も持っていやがったッ！　四本の腕で並の人間には振れねえような大剣を軽々と振るいやがるッ！」

歩く災害。暴虐の化身。血に飢えた猛獣。死を振り撒《ま》く悪魔。

【氷霊】のギルドへとなだれ込んできた冒険者たちは、怪物の様相をそう表現した。

混乱で満ちるギルドの大広間。あちこちから上がる絶叫。漂う血と汗の臭い。

その光景を見下ろす視線が、一つ。

「ふふ」

――【迅姫《じんき》】ベルシェリア・セントレスタ。

銀髪の淑女は手元の羊皮紙へと視線を移し、紅の瞳を子供のように輝かせる。

それは――指名手配書。剣の都を脅かしている怪物の討伐を呼びかける依頼書。

『【賞金首魔獣《バウンティモンスター》】認定』

『種族名：【大鬼】（亜種）』

『個体名：【弁慶童子】ヴィズゴンド』

『脅威度：【物語級】』

『懸賞金：一〇〇〇〇〇〇〇〇〇G』
『副賞金：【龍姫《りゅうき》エリーゼの遺宝】の在処《ありか》』
『特徴一：四本腕』
『特徴二：魔法を通さない強靭《きょうじん》な上皮』
『特徴三：赤黒い瘴気《しょうき》を纏《まと》った姿』
『特徴四：肩口に巨大な傷』
『特徴五：超重量級の大剣』
『その他の情報求む』

「うん、やっぱり運命は私の味方だ」
端整な顔を朱色に染めてベルシェリアはそう零《こぼ》す。この時をずっと待っていた、と。
――【淑姫《しゅくき》】シティ・ローレライト。
それは最も【迅姫】を魅了する存在。
それは最も【迅姫】の興味を引く存在。
それは最も【迅姫】を夢中にさせる存在。
ああ、未発達の才能とはどうしてこんなにも美しいのか。
恋慕にも似た想《おも》いを乗せて、ベルシェリアは熱のこもった息を一つ吐いた。そして手元に広げている羊皮紙へと筆を走らせる。

『【弁慶童子】の討伐は【氷霊】のギルドが受け持つ』

『《剣の都》の冒険者は外壁の防衛に専念してほしい』

誰にもシティ・ローレライトの舞台の邪魔はさせない。

そんな思いを込めて綴《つづ》った手紙を、飼いならされた鷹《たか》の足へと括《くく》り付けて送り出す。

「ひと押し……あとひと押しだ」

──『主役』の器を持つシティと『端役《はやく》』の器を持つアイルを引き合わせる、起。

──二人を高め合わせる、承。

──アイルをきっかけにして、シティを真の『主役』の器へと昇華させる、転。

そして──【淑姫《しゅくき》】シティ・ローレライトの持つ真の力を世界に轟《とどろ》かせる、結。

「【大鬼《オーガ》】の【亜種】。次の《深度《クラス》》に手を伸ばそうとしているシティを彩る最後のスパイス。この災厄への勝利をもって、あの子はきっと本物の主役へと至る」

──『【英雄録】に主役として名を刻む』
それが、少女が《深度》【Ⅱ】に至ってから新たに定めた【誓い】。壁にぶつかる前のシティ・ローレライトが言葉にして紡ぎ出した大望。

偶然か必然か。それはアイルが定めた【誓い】と全く同じもの。そしてそれは——ベルシェリアはおろか、本人たちすら知らない事実だった。

運命は既に動き出していた。主役も端役も、全てを巻き込みながら。

その運命の渦中でベルシェリアは紡ぐ。

「さあ、仕上げだ」

＝＝＝＝＝

魔獣の森に面した外壁。その外側。

いつもと違った空気を纏《まと》う魔獣の森を前にし、壁の防衛を言い渡された冒険者たちは一様にその顔を汗で濡《ぬ》らしていた。

その胸にあるのは、純粋な恐怖。

いつ怪物が襲ってくるのか分からない。どこから怪物が姿を現すのか分からない。

もしかすると……数秒先には怪物の餌になっているかもしれない。

否応《いやおう》なしに意識させられてしまう「死」という概念が、彼らの足を竦《すく》ませていた。

「遅くなりました。【氷霊】のギルドです」

と。背後に降り立った人物の声が、冒険者たちの背中へと届けられる。

——【氷霊】のギルド。

今回怪物の討伐に名乗りを上げたギルドの名前を聞き、冒険者たちは脱力する。

これでもう安心だ。安堵《あんど》の息を吐きながら振り返る。

そして、その顔を一瞬で凍りつかせた。

「ひ、ひとり？」

誰かがそう零《こぼ》す。いくら辺りを見渡しても、【氷霊】のギルドの紋章を身に着けている人物がたった一人しか見当たらなかったためだ。

「はい。討伐隊はわたし……シティ・ローレライト一人だけです」

少女は飄々《ひょうひょう》とした態度でそう応じる。

そのあまりにも華奢《きゃしゃ》な少女の姿を目にし、冒険者たちはその顔に不安の色を滲《にじ》ませる。

——【淑姫《しゅくき》】シティ・ローレライト。

そこにいる者全員が当然のようにその名前を知っている。

その少女が今最も人々から注目を集めている人物であることも、かの【迅姫《じんき》】から多大な期待を寄せられている新人であることも、誰もが認識している。

だが、今回の相手は【亜種】と呼ばれる災害級の魔獣である。そのような脅威にたった一人で挑むなど、自ら命を捨てに行く行為に等しい。

訝《いぶか》しげな視線がシティへと向けられる。

「安心してください。《剣の都》は──わたしが絶対に守ります」

しかし、少女は一切躊躇《ためら》うことなく冒険者たちの前に出た。自分に集中する視線を跳ね返すように純白の髪を翻《ひるがえ》しながら。悠然と。敢然と。この先にいる災厄に対する恐怖など一切感じられない足取りで。

「……っ」

その場にいる冒険者たち全員が息を呑《の》んだ。

前だけを見て歩く少女の背中に、幾度となく憧れた【迅姫《じんき》】の後ろ姿を重ねる。

『──賞金首魔獣《バウンティモンスター》の誕生は、主役誕生の前触れ』

冒険者の世界にはそんな言葉がある。

賞金首魔獣の討伐は【英雄録】にその名が刻まれるほどの偉業である。賞金首魔獣討伐という儀式を経て、英雄という存在は誕生する。

──おそらく今日、目の前の少女の名前が【英雄録】へと刻まれることになる。

その場にいた誰もが、【淑姫《しゆくき》】の背中を見て全く同じ未来を思い浮かべた。

「わたしはもう、止まりません」

少女は純白の髪をなびかせ、魔獣の森へと足を踏み入れた。

2

――何かが、おかしい。

魔獣の森に足を踏み入れてから七日目の朝。

冒険者に出会うこともなければ、魔獣に遭遇することもない。いつもと異なる森の雰囲気に、僕は不気味さを覚えていた。

『確かに、ヘンな感じがすんなァ』

イゼのそんな言葉に首肯を返し、僕は足を進める。

張り詰めた空気に逆立つ全身の毛。脳みそまでもが警鐘を鳴らすようにギリギリと音を立てているようだった。

「……少し、正道の方に寄ってみよう」

もしそこで冒険者に会うことができれば、何か情報を得られるかもしれない。

行き先を定め、方向転換。いつ何が飛び出してきても対応できるよう、常に短剣の柄に触れながら歩く。

足音と呼吸音は最小限に。頭の中にある【雷髄】の歩法をなぞるようにして進む。

――不意に。

今日は引き返した方が良いのではないか、という思いが脳裏をよぎった。

それは、染み付いてしまっている臆病者の性《さが》。

僕は頭を振って、その思いを掻《か》き消す。

——と。

「っ、なんだ、この臭い」

それは、突然鼻腔《びこう》を叩《たた》いてきた。

涙が出るくらい酷《ひど》い臭い。まるで、牛舎や豚小屋のような……いや、違う。もっと。

ギュッと濃縮させた臓物を何日間も日光に晒《さら》して腐らせたような、そんな臭い。

僕は加速しだす心臓の音を聞きながら、その臭いを辿《たど》っていく。そして、掻き分けた下草の先にあった正道上の光景を見て、目を限界まで見開いた。

「——」

『オイオイオイオイ！』

赤。赤。赤。赤。辺り一面、赤。真っ赤な大海原。

正道上を覆っている赤い絨毯《じゆうたん》のようなソレは、全て——血溜《ちだ》まりだった。

その光景は凄惨の一言に尽きた。あまりに酷い。あまりに惨《むご》い。ここは地獄だと言われれば、信じ込んでしまいそうになるほど。

初めて見る人間の残骸に、鼻を刺す異臭。死の瘴気《しようき》が漂うこの場所に立っているだけで息が乱れた。膝がガクガクと震えて僕の言うことをまるで聞こうとしない。

動かなければ。この光景を生み出したであろう存在に、気付かれてしまう前に。

本能の赴くままに踵《きびす》を返そうとした——その時だった。

「——ッ!?」

『あァ!?』

全身が一気に粟立《あわだ》ち、全神経が僕に向けて目一杯の警鐘を鳴らしてきた。

全身の穴という穴から一気に汗が噴き出す。


——いる。背後に、何かが。


『ツ、跳べえァ！』

「ッッッッッッ」

緊急回避。イゼのその叫びに弾《はじ》かれるように全力で真横へと跳ぶ。

直後、一瞬前まで僕が立っていた場所に何かが叩きつけられ、破砕音が弾けた。直撃を免れたのにも関《かか》わらず容赦なくこちらを襲ってくる衝撃に、呻《うめ》き声が漏れる。

「ぐっ」

地面を転がることで勢いを殺すと、すぐに身体《からだ》を起こして態勢を立て直す。

そして砂塵《さじん》の奥に佇《たたず》むその存在を視界に捉え——尻餅をつきそうになった。

「ひっ」

怪物。化物。絶望。

それらの言葉は目の前の存在を形容するために存在しているのだと、心から思った。

禍々《まがまが》しい瘴気《しょうき》の鎧《よろい》を纏《まと》う肉体。異常なほど隆起した四本の腕。蛇のように脈打つ赤黒い血管。天に向かって伸びる鋭利な角。涎《よだれ》にまみれた万力のような牙。

そして、底無しの飢餓を孕《はら》んだ眼光。

――【大鬼《オーガ》】？　いや、違う。

『【大鬼】の【亜種】かァ！』

大鬼の亜種？　なに……それ。

『ルァァ――ァ』

怪物は小さく唸《うな》り声を上げると、先ほどまで僕の立っていた地面に抉《えぐ》り込んだ幅広の大剣を四本の腕で引き抜いた。そして初撃を回避した僕を咎《とが》めるように、その鋭い眼光をこちらに向けてくる。

「ぁ」

動かなきゃ。剣を抜かなきゃ。戦わなきゃ。

いくつもの選択肢が脳裏に浮かんでは、互いに絡まり合う。

動け、身体《からだ》。動け、アイル・クローバー。動け、動け、動けって。

「ぁ、ぁ」

——動かない。

『ヴヴ……』

眼前の怪物は混乱状態に陥っている獲物の姿を見て——嗤《わら》った。

『ヴヴオオオオオオオオオオオオオオオオオオオオオオオオオオオオオオオオオオオオ！』

——ピシィと。そんな音が聞こえた。

それは、虚栄で固めていた覚悟に罅《ひび》が入った音。

それは、強がりで奮い立たせていた身体が固まる音。

それは、表情に張り付けていた強がりの仮面が割れる音。

そしてガラガラと何かが瓦解する音と共に——心の傷《トラウマ》が顔を出した。

『オイ！　気張れや大将ァ！　動けェ！』

無理だ。身体が動いてくれない。

『ヴヴオオオオオオオオオオオオオオオオオオオオオオオオオオオオオオオオオオオ！』

追い打ちをかけるような、二撃目の咆哮《ほうこう》。

その咆哮の前では、僕の固めていた覚悟なんて粉々に打ち砕かれてしまう。

その雄叫《おたけ》びの前では、僕の【誓い】なんて容易《たやす》く塗りつぶされてしまう。
その猛《たけ》りの前では、僕の全身全霊なんて一瞬で呑《の》み込まれてしまう。
足掻《あが》こうとする。藻掻《もが》こうとする。抗《あらが》おうとする。
しかし、足掻こうとすればするほど、眠っていた二つの心の傷《トラウマ》が僕の中で疼《うず》きだす。
藻掻こうとすればするほど、剥《む》き出しの心の傷を抉《えぐ》られるような痛みに襲われる。
抗おうとすればするほど、心の傷を覆いかけていた瘡蓋《かさぶた》が剥《は》がれていく。
そして、足掻き、藻掻き、抗おうとした末に——
「あ、あ、あ」
折れてしまった。僕の心は。案外あっさりと。繊細な飴《あめ》細工のように。
尻もちをつく。恐怖に抱き竦《すく》められ、雁字《がんじ》搦《がら》めにされ、縛り付けられ、動けなくなる。
その圧倒的な存在を前にして、否《いや》が応《おう》でも掘り起こされてしまう負の記憶。
初めて【大鬼《オーガ》】と対峙《たいじ》した時。そして、闘技場で【大鬼】と再会した時。
そこにはいつも絶望があった。
それは今、この状況にも。
『——、——！』
イゼが何かを叫んでいた。でもそれは、意識を撫《な》でてくるだけ。
その言葉が意味を持って意識に入ってくることはない。

「ひ、ひぁ」

　僕は悟った。

　人々の前に立ちはだかる壁。

　それには厚い壁もあれば薄い壁もある。

　それには硬い壁もあれば脆《もろ》い壁もある。

　それには高い壁もあれば低い壁もある。

　壁を破ることで人は成長する。壁を破らなければ、成長はない。

　厚く硬く高い壁になればなるほど、乗り越えた時の成長は大きくなる。

　だけど、厚く硬く高い壁になればなるほど、乗り越えることも困難になる。

　何度も何度もぶつかって。ぶつかって、ぶつかって、ぶつかって。より厚くより硬くより高い壁から逃げなかった者が英雄へと近付いてゆく。

　じゃあ、僕は？

　僕は……初めて【大鬼】と遭遇した日からずっと、壁の前で足踏みをし続けている。

　ぶつかれないでいる。進めないでいる。対峙できないでいる。立ち向かえないでいる。

　こうして正面から心の傷《トラウマ》に向き合った今だから分かる。

　僕は無意識のうちに避けていたのだ。心の傷を。【大鬼】という名の壁を。

　何度も目を逸《そ》らした。何度も背を向けた。何度も逃げ出した。何度も何度も何度も。

きっと、もう取り返しはつかない。正直もう自分がこの壁を破る姿を想像できない。目を逸《そ》らす度。背を向ける度。逃げ出す度。どんどん厚く硬く高くなってしまったこの壁を破る自分の姿が、想像できない。

僕は悟った。

――なにもかも手遅れなのだと。

『ヴヴヴヴッ』

怪物が低い唸《うな》り声を響かせて大剣を振りかぶる。

それを見て「またこの光景か」と、恐怖を上回るほどの情けなさが込み上げてきた。

何回目だよ。何回繰り返すんだよ。何回同じことを経験すれば成長できるんだよ。

初めに【大鬼《オーガ》】と対峙《たいじ》した時と同じ。あの日から何も変わっていない。

本当にこの数か月間、なにをやっていたんだ僕は。

本当に自分が……情けない。

『もしもの時は、勇気なんて置いて逃げること』

――と。

『もしもの時は、勇気なんて置いて逃げること』

不意に、そんな言葉が脳裏をよぎった。
『もしもの時は、勇気なんて置いて逃げること』
それは、命を懸ける覚悟。
『もしもの時は、勇気なんて置いて逃げること』
それは、師匠が臆病者の僕にかけた呪い。
『もしもの時は、勇気なんて置いて逃げること』
それは、僕を縛り付ける鎖。
『もしもの時は、勇気なんて置いて逃げること』
それは、僕がこれまで走り続けてきた理由。
そうだ。逃げないと。
逃げないと、逃げないと。
逃げないと、逃げないと、逃げないと。
死んでしまったら主役も端役《はやく》もない。
死んでしまったら、その時点で全てが終わりなんだ。
今どれだけ情けない思いをしていようと、生きてればきっといつか機会は訪れる。
だから今は、臆病者でも良い。
今は、逃げろ。

「――ぁ」

師匠の魔法の『命を懸ける覚悟《おしえ》』が効いたのだろうか。

先ほどまでピクリとも動かなかった全身に感覚が戻る。身体《からだ》が正常な機能を取り戻す。

これなら逃げられる。逃げろ、逃げろ、逃げろ。

本能の赴くままに、理性の赴くままに、臆病の赴くままに。

そして。

そして。

僕は――

――……目の前に降り立った純白の背中を見た。

「フッ」

短剣をひと薙《な》ぎ。直後、少女を中心にして生じた大寒波が怪物の巨躯《きょく》を跳ね飛ばす。

舞台の外へと押しやられる怪物。舞台の中心へと降り立つ少女。

そして舞台上には、一つの構図が出来上がる。

主役と端役《はやく》という構図が。

豪傑と凡夫という構図が。

守る者と守られる者という構図が。

——これまでと何一つ変わっていない構図が。

「——」

それは、運命の波に膝から先が浸《つ》かってしまっている感覚。

震えてカチカチと音を鳴らす奥歯。疼痛《とうつう》を訴えてくる心臓。

僕は目を見開いて、顔を上げる。

「——」

……ああ、もう。また。まただ。

いったい何度目だ？　この光景を見るのは。

いったい何度目だ？　この気持ちを抱くのは。

そこにあったのは、背中。幾度となく見てきた純白の背中。ずっと追いかけてきた勇敢な背中。何よりも僕の胸を締め付けてくる背中。

舞台へと再び上がり込んでくる【大鬼《オーガ》】。

その怪物すらも、少女の神々《こうごう》しい立ち姿に足を止めていた。

姉弟子の背中は、絶望なんて物ともせずに怪物の前へと立ちはだかる。

痛いくらい耳に響く鼓動。張り裂けそうなほど脈動する血管。手のひらに食い込む爪。

「そこを退《ど》け、運命《オーガ》」

そして、白の少女――シティさんが放つその言葉を聞いて、

「わたしが通る」

頭が真っ白になった。


――こわい。


「こわい」

それは意識を介することなく口から零《こぼ》れた。

僕は最初、それが僕の口から出た言葉だと気付くことができなかった。

「大丈夫」

僕の呟《つぶや》きを聞いて、シティさんが安心させるように言う。

「こわい」

だけど、止まらない。

「わたしが守る」

シティさんは再びそう紡いだ。

前だけを見据えて。こっちを一瞥《いちべつ》することもなく。

「こわい」

それでも、止まらない。

「こわい」

溢《あふ》れ出してくる。

「こわい」

僕の口は言うことを聞かない。

なぜ繰り返す？

慰めてほしいから？

労《ねぎら》いの言葉をかけてほしいから？

自分がまだ生きていることを実感したいから？

——違う。

「こわい」

何が恐い？

傷つくことが？

目の前の怪物が？

死んでしまうことが？

――違う。

「こわい」

弱くて情けなくてカッコ悪い、僕の本音。

「こわい」

死ぬまで変われない、臆病者の本音。

「こわいっ」

逃げることしかできない僕が紡ぐ、アイル・クローバーの証明。

怖《おそ》れることしかできない僕が叫ぶ、魂の髄を剥《む》き出しにした台詞《ことば》。

「僕は」

――僕はッ！


「またこの光景を受け入れることがッ、なによりもこわいッ！」


シティさんの息を飲む音が聞こえた。

そして、その背中から伝わってくる驚愕《きょうがく》。

それは、僕の口から出た言葉が予想していなかったものだったからか。

当然だ。驚きもする。僕にだって予想できていなかったから。

今のは——臆病者の僕にしか紡げない言葉。
誰よりも逃げることを恐れる臆病者の、魂からの絶叫。

何よりも恐ろしいのは、またあんな惨めな思いをすることだ。

何よりも恐ろしいのは、また逃げ出した自分に失望してしまうことだ。

何よりも恐ろしいのは、また目の前の少女の献身を踏み台にして、みっともなく命を繋《つな》いでしまうことだ。

それは、死んでしまうことの何百倍も恐ろしい。

「ッ！」

魂の髄から溢《あふ》れ出した衝動が、臆病な僕の身体《からだ》を突き動かす。

誰も僕のことなんか見ちゃいない。

誰も僕になんて期待しちゃいない。

誰も僕のことを希望だなんて思っちゃいない。

この【淑姫《しゆくき》】のために用意されたと言っていい舞台の上で、
この【淑姫】のために綴《つづ》られたと言っていい筋書きの中で、
僕——アイル・クローバーが立ち上がる展開なんて誰も望んじゃいない。

理性が囁《ささや》く。そのまま大人しくしていろ、と。
本能が呟《つぶや》く。主役の背中をそこで見届けていろ、と。
これまでと同じように。

——……できるわけがないだろ。

僕はそうやって、いつまで自分自身に言い訳を聞かせ続ければいい？
己を縛りつける鎖から、いつまで目を背け続ければいい？
そうやって、いったいいつ僕は殻を破ることができる？
「ッッッ！」
嫌になるほど知っている。痛いほど分かっている。
頬《ほお》を伝う涙の冷たさも。
飲み込んだ溜息《ためいき》の苦さも。
後ろ指さされた背中にのしかかる重圧も。
胸が張り裂けそうになるほどの悔しさも、不甲斐《ふがい》なさも。
もう尽きた。臆病な自分を安心させ、宥《なだ》めさせる言い訳が。
もう尽きた。主役の背中を黙って見ているだけの自分を納得させる理屈が。

もう尽きた。胸の奥で小さく燻《くすぶ》っていた自尊心が。
——もう、全部全部尽きた。
前に進む。
格好悪くても良い。嘲笑されても良い。
なんとしても通さなければならない強がりがあった。
それは虚栄心とは少し違う。ただ上辺だけを塗り固めた虚栄とは、少しだけ。
もっと純粋な、あるいは最高に滑稽なもの。
そこには矜持《きようじ》も、流儀も、仁義も、誓いもない。
だけどそれは、臆病者の僕が殻を破って前に進むための原動力となる。
行けよ僕。
強がれよ僕。
「そこを退《ど》け、運命」
そこを退け——【淑姫《しゆくき》】シティ・ローレライト。
いつまでもそこに立たれていたら、
いつまでも前を塞がれていたら、
——僕は前に、進めない。

「〝僕が通るッ！〟」

奪い取る。

少女の役割を。少女の立ち位置を。シティ・ローレライトの台詞《ことば》を。

そして――ヂリ、と。

台詞《ことば》に宿る【言魂《ことだま》】に呼応するように、僕の【精霊結晶】が純白の光を灯《とも》した。

それは紛《まが》うことなき、新しい【ギフト】の誕生を祝福する光。覚醒の灯火《ともしび》。

イゼから与えられた力だけじゃこの相手は倒せない。だから僕は、僕にしか掴《つか》めない可能性へと手を伸ばす。

眩《まばゆ》い光を携え、僕は足を踏み出した。一歩、また一歩と。

シティさんの横を通り過ぎ、怪物と対峙《たいじ》する。

「……たとえ……」

たとえこれが「愚か」だと糾弾される選択だとしても。

たとえこれが誰もが望む英雄譚《たん》に水を差す行為だとしても。

「僕はもう、目を背けない……ッ！」

僕は、現実に背を向けることから逃げ出す。

この瞬間、僕は世界中の誰よりも臆病者だった。

この瞬間、僕は世界中の誰よりも本能《じぶんかって》に従順だった。
全てを置き去りにして駆け出す。懊悩《おうのう》も、葛藤も、シティさんの視線すらも。
——そして端役《ぼく》は、その主役《淑姫》のために用意された舞台の上に土足で足を踏み入れた。

＝＝＝＝＝

邪魔だ、と。舞台袖へと押しやられた。
大人しくそこで見ていろ、と。突き放された。
誰が？　わたし——シティ・ローレライトが。
誰に？　弟弟子——アイル・クローバーに。

『主役と端役《はやく》の間には決して越えられない柵が存在している』
いつだったか、師匠が口にしていたそんな言葉を思い出す。
わたしとアイルの間にもその柵は確かに存在していた。間違いなく。
だけどアイルは、その柵をこじ開けてこちら側へと身体《からだ》を無理矢理《むりやり》捩《ね》じ込んできた。

「──」

わたしの横を通り過ぎ、前に出る背中。わたしを追い越し、遠ざかっていく後ろ姿。

少年はわたしと怪物の間に割り込み、前に進んでいく。過去の弱い自分を踏みつけるようなしっかりとした足取りで。まるで『主役』の座を独り占めするわたしを咎《とが》めるように。

わたしは驚きを通り越して呆然《ぼうぜん》としていた。

どうして？　どうして？　どうして？　分からない。分からない。分からない。

アイルは守られる側の存在だ。わたしが守ってあげないといけない存在だ。わたしがいないと、アイルはすぐに命を落としてしまう。

初めて【大鬼《オーガ》】と出くわした時だって。闘技場で【大鬼】と再び対峙《たいじ》した時だって。

それに……たった数秒前だって。

アイルは震えていた。竦《すく》み上がっていた。折られていた。怯《おび》えていた。わたしがいなければ、なす術《すべ》もなく殺されていた。

何がアイルを変えた？　何がアイルを前進させた？　何がアイルを突き動かした？

分からない。だけどたった一つ、確信のようなものがわたしの中にはあった。

──ここでアイルだけを行かせたら、わたしは置いてけぼりにされてしまう。

「っ」

待て、待て、待って！

わたしは縋《すが》るように手を伸ばした。

そこはわたしの舞台だ。そこに立つのはわたしだ。そこからはわたしの物語だ、と。

しかし、その手が背中に触れることはなかった。

アイルは、土足でその舞台に踏み込む。これまで積み重ねられてきた『伏線』も、これまで拾い上げてきた『きっかけ』も、何もかもを蹴散らして。

「——あああああああああああああああああああああああああ！」

少年は駆け出す。全てを置き去りにして。そこに迷いはない。躊躇《ためら》いもない。

そして繰り出される一閃。舞台の幕が、切って落とされる。

「わ、わたしもっ！」

口から溢《あふ》れたそんな言葉は、酷《ひど》く掠《かす》れていた。

だからなんだ。わたしは腰から短剣を抜き、地面と平行になるように構える。

「【淑女の一閃《レディー・ファースト》】ッ！」

それはわたしだけの【ギフト】。

誰かを「助けたい」「守りたい」という強い意志から生まれた、闇を切り開く力。

わたしの渾身《こんしん》の力を纏《まと》った冷気の一閃。

この一閃は——『守るもの』が多ければ多いほど、鋭い一撃へと昇華する。

「……あ」

そして、気がついた。頼りない氷煙を放つ剣身に。

そうだ。もう、あの時とは違う。後ろにアイルはいない。

アイルはもう――『守るもの』ではない。

わたしをわたしたらしめるものが、今、ここにはない。

「待っ、て」

足が震えた。死闘を繰り広げる一人と一体の攻防を目にして、一歩が踏み出せなかった。

喰《く》われる。主役のわたしが。端役《はやく》であるアイルの成長の糧《かて》とされる。

成長したわたしを喰って、アイルは更に成長する。もう止められない。

これじゃあわたしはまるで――当て馬だ。

「……待って」

そう口にするわたしは、冷気を失ってしまった短剣を握りながら思った。


――温《ぬる》い。

＝＝＝＝＝

――熱い。

「あああああああああああああッッ!!」

身体中《からだじゅう》が滾《たぎ》り上がっていた。

前へ、前へ、前へ。後退という選択肢は既に投げ捨てている。

先へ、先へ、先へ。雄叫《おたけ》びで己を奮い立たせ、僕はひたすら前進する。

脳の《枷《かせ》》はとっくに外していた。視界が驚くほどに澄んでいる。

これまで見ていた景色は白黒だったんじゃないかと錯覚してしまうほど鮮明に映る景色。

その感覚に身を委ねていく中で、僕はこれまでどれだけ心の傷に宿る『恐怖』というものに縛られていたのかを理解した。

しかし、反撃の隙なんてない。

僕の背丈以上の剣身を誇る巨大な大剣によって繰り出される剣撃の嵐。

避《よ》ける、避ける、避ける。往《い》なす、往なす、往なす。僕はその死を孕《はら》んだ一撃一撃を凌《しの》ぐので精一杯だった。


まだ、今は。

「ぐううううあああああああああああああああああああ!」

──《解枷《げかせ》》

もっと。

──《解枷》《解枷》

もっと、もっと。

──《解枷》《解枷》《解枷》

もっと、もっと、もっと。

下半身、上半身、手、前腕、上腕、足、下腿《かたい》、大腿《だいたい》、手首、肘、肩、足首、膝、股関節、心臓、肺、脊髄。

僕は筋肉から関節、骨に至るまで身体中に備わっているあらゆる枷を外してゆく。

急激な速度で肉体の限界値を引き上げていく。

それは未熟な僕には過酷過ぎる行為。

悲鳴をあげる肉体。身体のあらゆる部位から軋《きし》む音が聞こえた。

しかし、加速は止まらない。

──【逆境練磨《ジャイアントキリング》】

それが、僕が新しく発現させた【ギフト】の名前。

イゼから与えられたものじゃない、僕だけの力。僕の魂を反映させた、唯一無二の力。

僕は──逆境に立つほど強くなる。

敵が強大であればあるほど。僕が傷を負えば負うほど。状況が窮地であればあるほど。

だから《解枷《げかせ》》による限界を超えた加速も可能になる。痛みや傷すら促進剤に変えて怪物に立ち向かうことができる。

僕はもう、死ぬことでしか限界を知ることができない。どれだけ傷を負おうと強くなり続けるから。それこそ、死んでしまうまで。

「ああああぁッ！」

──《解枷》《解枷》《解枷》《解枷》

身体《からだ》から血管の破裂する音が聞こえる度、

身体から肉の千切れる音が聞こえる度、

身体から骨の軋《きし》む音が聞こえる度、

感覚が、身体能力が、集中力が、自分でも付いていくのがやっとの速さで研ぎ澄まされていっているのが分かる。

──やれる。僕なら、やれる。

この【逆境練磨《ジャイアントキリング》】と【飢えた万雷《ハングリィ・ダンプティ》】の二つをもって、この怪物を打ち倒す。

「ッッッ」

研ぎ澄ませ。

もっと、もっと。叫べ、叫べ。もっと臆病に。もっと本能に従順《じぶんかって》に。

心の中の「澱《おり》」も、「上澄み」も、それ以外も、全部ぐちゃぐちゃにかき混ぜて。

敗北も、失敗も、挫折も、懊悩《おうのう》も、それ以外も、全部呑《の》み込んで。

ありったけの自分をこの相手にぶつけろ。剥《む》き出しのアイル・クローバーを、叫べ。

「ッ――ああああああああああああああああああああああああああああああああああッ！」

それは、ひたすら泥臭い前進だった。

そこには打算も、計算も、公算も、勝算も存在しない。

たった一つ、愚かなほど純粋な『勝利』への渇望《かつぼう》があるだけ。それは、僕の中で燻《くすぶ》っていた熾火《おきび》を、狂おしいほど燃え上がらせる。

もう難しいことに想《おも》いを馳《は》せることはない。この剥き出しの自分に身を委ねるのみ。この痛いほどの渇望に身を任せるのみ。命を賭して、前進するのみ。

――《解枷》《解枷》《解枷》《解枷》《解枷》

僕は腱《けん》が千切れんばかりの力を込めて、地面を思いきり蹴りつけた。

＝＝＝＝＝

ヒトには化ける瞬間ッつうものがある。

それは、一瞬先の命の保証もねェような戦いの中でしか味わえねェもの。

長い時間を要して培ッてきた技術や能力なんてものは、その瞬間の為《ため》の糧《かて》でしかねェ。

戦い以外の場で悩んで、ただひたすら地力を積み上げているだけじゃァダメだ。そんなんじゃァあいつまで経《た》ッても殻は破れねェ。

その糧を身体《からだ》に染み込ませるには、より厳しい戦いの中に身を投じるしかねェ。

『さあ、結実の時だァ』

オレ――イゼゼエルは、今まさに殻を破ッて飛び立とうとしている主役の卵を見て小さく呟《つぶや》く。そして嗤《わら》ッた。

――【逆境練磨《ジャイアントキリング》】

それは大将だけの【ギフト】。

借り物なんかじゃァなく、大将が自分自身の台詞《ことば》と【言魂《ことだま》】で手繰り寄せてみせた力。

『クク……面白《おもしれ》ェ！』

弱点こそ、唯一無二の力に昇華しうる『種子』になる。

一〇年か、二〇年か。長い時間をかけて創りだす自分だけのオリジナル。自分以外の誰にも獲得できない唯一無二の個性。その『種子』に。

――臆病？　大いに結構じゃねェか。

その誰にも負けねェ本質は、誰にも真似《まね》できねェ武器へと昇華する。

アイル・クローバーという土壌の中でしかその『種子』は育たねェ。アイル・クローバーという土壌の中にあるからこそ、その『種子』は芽を出すことができる。

『クク……よッしャあ、どうせ今のテメェの耳には入らねェだろうが、聞けェ！』

砕けんばかりに奥歯を噛《か》み締めながら絶望へと立ち向かう大将を見て、オレは叫ぶ。

アイル・クローバー。それはオレが待ち望んでいた存在。

一〇〇〇年だ。一〇〇〇年も待ッた。なのにこんなところで足踏みされてちャあ、こッちが困るッてんだよォ。

『【英雄録】に主役として名を刻むッつうことは、その瞬間、世界中の誰よりも輝いてるッつうことだァ！　その一瞬、この時代に存在している全ての主役を凌駕《りょうが》する魂の証明をもッて、世界一熱い何かを成し遂げた者しか、英雄を名乗ることは許されねェ！』

まだまだだァ。もッとだァ。テメェならもッとやれるだろォ？

なあ、大将。

『たッた今この世界の中心にいるのはァ――アイル・クローバー、テメェだァ！』

進めェ。一直線に。飛べェ。何よりも高く。

努力そのものに価値があるんじャねェ。努力の先で掴《つか》んだもンに、価値が生まれる。

その【大鬼《オーガ》】に勝利した先にある価値を掴み取ることで、テメェはまた強くなる。そう断言できる。

『さァ、そのまま最後まで駆け抜けやがれェ！』

次の主役は、テメェだ。

＝＝＝＝＝

死闘は白熱の一途を辿《たど》る。

縦、横、斜め。あらゆる角度から振るわれる大剣の猛威。

紙一重の回避では意味がない。直撃を免れたとしても、その一撃一撃から生じる風圧は、振動は、僕の身体《からだ》に鮮血色の斜線を刻み込み、脳を揺らしてくる。

厄介なのはそれだけではない。

――【大鬼《オーガ》】がその身に纏《まと》う瘴気《しょうき》の鎧《よろい》。

害毒を振りまく漆黒の霧は、僕の身体へと絡みついて内臓を徐々に蝕《むしば》んでいく。生命力を奪っていく。まるでこちらを喰《く》らい尽くさんとするように。

これ以上の接近は命に関《かか》わる。そう言って身体が警鐘を鳴らしてくる。

だけど僕は――前進した。

身に受けた傷、そして身体を蝕んでくる瘴気さえも糧《かて》として前へ。

全ての逆境が【逆境練磨《ジャイアントキリング》】の前では促進剤へと変わる。だから臆することなく、その死の領域へと果敢に踏み込み続ける。

避《よ》ける、避ける、避ける。速さこそ強さだ。速さで相手を凌駕《りょうが》している限り、攻撃が当たることはない。その教えが僕の背中を押していた。

ひたすら体勢を低くすることで、振り下ろすだけの単調な攻撃ばかりを誘う。

相手よりひと回りもふた回りも小さな身体。それは不利な点であると同時に、有利な点でもある。小回りの効く動きで、相手を翻弄することができるのだ。

徐々に精細さを欠いていく【大鬼】の動き。その巨躯《きょく》に目立ち始める発汗。

そしてようやく【大鬼】がこちらに覗《のぞ》かせる、ほんの僅かな隙。

僕は大きく息を吸い込み――止めた。それが攻撃の合図。

堰《せき》を切ったように繰り出されるのは、脳天からつま先まで、全ての枷《かせ》を取り去ったことにより放たれる超高速の連撃。全身を駆使して繰り出す縦横無尽の剣閃《けんせん》。

僕の視界には、夢の中で幾度となく目にした主役――【雷髄】の背中が映っていた。

その軌跡をなぞるようにして、僕は【大鬼】へと剣撃の渦を叩《たた》き込む。

「ツッツ！」

一閃。

二閃三閃。

四閃五閃六閃。

剣身の生み出す銀の軌跡が視界を塗り潰してゆく。
『グ、ヴヴヴ』
初めて一歩後ずさる【大鬼《オーガ》】。攻撃の手も止まる。
手数にものを言わせたその攻撃は、確かに【大鬼】を怯《ひる》ませていた。
——押し切れる。
「ッッッ！」
前進。狙うは首。
空気を欲しがる肺を気合で黙らせ、僕は最後に「最上級の質」を放った。
それは寸分の狂いもなく放たれる一閃《いっせん》。文句なしの一撃。僕はそれを、相手の頭を撥《は》ね
飛ばす勢いで繰り出す。
そして——瞠目《どうもく》した。
パキ、と乾いた音を立てて砕け散る手中の短剣。彼我の間に飛散する銀の破片。
そして僕は、その破片の先に怪物の獰猛《どうもう》な笑みを見た。見て、一瞬で悟る。
——怪物はこの一撃を誘っていたのだと。
「ッッッ」
剣を振り抜いた体勢で隙を晒《さら》す僕。その一瞬を怪物が見逃すはずがない。
無駄のない動きで振り上げられる大剣。その光景を前に、僕は自分が鮮血の花を咲かせ

て肉塊へと成り下がる未来を幻視した。

頬《ほお》を撫《な》でる濃厚な死の気配。

頭の中を駆け巡る走馬灯の中――僕は、目尻を吊《つ》り上げながら念じる。

「ッッッ」

――《纏雷《てんらい》》

眩《まばゆ》い閃光を伴って、白雷が弾《はじ》ける。

僕が白雷へと変換することができるのは、身体《からだ》を中心とした半径一mの範囲内に存在している魔素のみ。

その領域へと踏み込んだ【大鬼】に、電流の茨《いばら》が絡みつく。

『ア!?』

驚愕《きようがく》の表情を浮かべ、怪物は動きを止めた。

咄嗟《とつさ》に放った《纏雷》に、大した威力は宿っていない。しかし、十分すぎる隙を作ることはできた。僕はその一瞬を見逃さず、死の臭いが充満する領域から離脱する。そして空気を勢い良く肺へと送り込んだ。

「はァーっ、はァーっ」

不意にその場に座り込みたくなる衝動に駆られる。

しかし、そんなことを目の前の怪物は許してくれない。

硬直から解放された【大鬼《オーガ》】の顔には憤怒《ふんぬ》の相が貼り付けられていた。僕はガリッと奥歯を噛《か》み締めて、その顔を睨《にら》みつける。

考えろ。自分が馬鹿なのは分かってる。それでも考えろ。思考を止めるな。鼻血が出るくらい知恵を振り絞れ。

僕は脳の枷《かせ》を外したことによって引き伸ばされた一瞬の中で考えを巡らせる。

とにかく、ヤツは硬い。冗談みたいに硬すぎる。急所であるはずの首にも刃《やいば》が通らなかった。まるで鋼で出来ているみたいな身体《からだ》だ。

さっき僕が怪物の首に向けて放った一撃は、現状の自分が放てる最高の一撃。それをほぼ無傷で受けられてしまった。狙った場所が心臓や頭だったとしても、きっと同じ結果になっていたことだろう。

つまり、僕の持ちうる一撃で決着をつけることは不可能だということ。

血溜《ちだ》まりに沈んでいた誰かの短剣を拾い、怒りの形相を貼り付ける怪物へと向き直る。ツと背中を流れていった汗がやけに冷たく感じた。

「っ」

何か、何か。考えろ、考えろ。

極限の緊張状態の中、僕は自分の集中力が人を超えた域に達しつつあることに気づく。

脳に張り巡らされた血管が膨張し、血流が加速してゆく。

没入。没入、没入、没入。

もっと意識の深いところへ潜り込め。

持ちうる全ての手札を広げて、勝利への筋道を導き出せ。

何か、何か――何か。

「……――あ」

そして、それは不意に頭へと舞い降りた。

背筋に震えが走り、皮膚が粟立《あわだ》ち、全身の毛が逆立つ。

それは快感の先にある感覚。面白いように浮かび上がる、勝利への道筋。

先ほど、恐怖という感情を克服したことで会得した何か。それが今この瞬間をもって開花した。そんな気がした。

見えるのだ。これからどう動けばいいのか。

怪物の命を絶つまでのぼんやりとした道筋が、視界に映っている。僕はそれをただなぞるだけでいい。……うん、いける。

腰の道具袋の中に仕舞《しま》っているソレを握り締め、僕は稲妻のように飛び出した。

『ウアアアアアアアアア！』

そんな僕を迎え撃たんと、大剣を振り上げる怪物。

その一撃が振り下ろされる前に、僕はソレを【大鬼】に向けて掲げた。

ソレは拳大の石。透き通った色の結晶――【収納結晶】。

僕が師匠から譲り受けた魔法具。

「【全排出《ディスチャージ》】！」

その言葉を引き金として【収納結晶】から吐き出されたのは、僕の私物。

獣の皮によって作られた寝具や服。それに、山籠りをする上で必要だと考えて持ち込んだ道具の数々。それらが遮蔽物となって【大鬼《オーガ》】の視界を覆い尽くす。

しかし――

『アアアアアアア！』

銀の大剣による横薙《よこな》ぎの一閃《いっせん》。たったそれだけで、視界を覆っていた壁は薙ぎ払われてしまう。そして切り開かれる視界。至近距離で対峙《たいじ》する一人と一体。

一対の影が重なり合う――その寸前。

「ぁ」

ガクンと折れる僕の膝。呆然《ぼうぜん》を形どる表情。

常に限界と隣り合わせで戦っていた僕が晒《さら》した致命的な隙。それを見た【大鬼】は――

悪魔のように顔を歪《ゆが》ませて、嗤《わら》った。

限界まで振り上げられる大剣。血管を浮き上がらせる四本腕。隆起する上半身の筋肉。

瘴気《しょうき》を纏《まと》う剣身。

そして──

『ウ!?』

それを待っていた、と身を翻《ひるがえ》す僕の姿をその目に映した。

「さっきのお返しだ、ッ」

紙一重での回避。風圧に服や皮膚を切り裂かれながら、体勢を整える。

大剣は僕の身体《からだ》を捉えることなく地面へと衝突。その剣身は轟音《ごうおん》を奏でながら、簡単には抜けないほどの深さまで埋没していった。

そして今度は、【大鬼】の方が致命的な隙をこちらに晒すことになる。

攻撃誘導。それはついさっき【大鬼】から奪い取り、身に付けた技術だ。

「このッ、間抜け！」

瞠目《どうもく》する【大鬼】に向かって吼《ほ》える。そして僕は、埋没した大剣の剣身に【収納結晶】を打ち付けた。

続けて渾身《こんしん》の力を込めてその言葉を放つ。

「【収納《チャージ》】！」

──その大剣、邪魔だッ！

収納。大剣は眩《まばゆ》い光に包まれ、すぐに【収納結晶】へと吸入されていく。

直後、ピシィという音と共に【収納結晶】の表面に罅《ひび》が走った。収納許容限度ギリギリの重量。その事実を目の当たりにし、僕は【大鬼《オーガ》】がこれまで四本の腕でどれだけ無茶苦《むちゃく》茶《ちゃ》な武器を振るっていたのかを改めて思い知らされる。

だけど、驚いている暇《ま》はない。

すぐに体勢を立て直した僕は、足裏で地面を押し出して【大鬼】から距離を取る。

『ウアアアアアアアアアア！』

怪物の口から放たれる怒りの咆哮《ほうこう》。その怒りの矛先にいるのは、もちろん僕。

返せ！と、そう訴えかけるようにこちらを睨《にら》みつけてくる【大鬼】。

それに応じるように、僕は大剣を収めている【収納結晶】を——投げた。

真上に。高く、高く。

すると、もちろん【大鬼】の意識は一瞬だけ僕から逸《そ》れ、そちらへと移動する。

「——ッッ」

その隙を突いて、僕は【大鬼】へと全速力で斬りかかった。

驚いたような顔で視線をこちらへと戻す怪物。だけど、もう遅い。

「あああああああああああああああああああ！」

斬る、斬る、斬る。

乾ききった喉を、頬《ほお》を噛《か》み切ったことで溢《あふ》れ出してきた血で潤しながら斬る。全身の穴という穴から血を吹き出しながら斬る。軋《きし》みを上げる関節を更に酷使しながら斬る。

屈しない。屈するものか。

退《ひ》けない。退くものか。

折れない。折れるものか。

負けない。

負けたくない。

——負けて、たまるかッ！

「あああああああああああああああああああああッッ！」

『オオオオオオオオオオオオオオオオオオオッッ！』

【大鬼】の応戦により、僕の短剣がまた砕ける。そこから先は、打撃の応酬になった。

僕と【大鬼】は、身体《からだ》の様々な部位を駆使して放たれる技を交わし合う。

優位に立っているのは言わずもがな。四本の腕と見上げるほどの巨躯《きょく》、そして底なしの体力を誇っている【大鬼】だ。

その凶器の様な肉体から放たれる一撃一撃が、僕にとっては致命傷になり得る。たった一歩でも選択を誤れば、死。僕は雄叫《おたけ》びで自らを奮い立たせ、その死闘へと身を投じる。

この差をひっくり返すには、相手の倍の手数が必要だ。

もっと速く。もっと疾《はや》く。視界全体を塗り潰すほどの速さで。

ありったけの《枷《かせ》》を外せ。より過酷な逆境へと身を投じろ。己を限界まで練磨しろ。

引き付けろ。

引き付けろ。

引き付けろ。

——行けッ！

『アアアア！』

鼓膜を貫くほどの叫び声と共に振り下ろされる巨大な腕。

僕は体を捻《ひね》ってそれを躱《かわ》すと、曲芸師のような動きでその腕の上へと跳び乗った。腕を振り下ろした状態で硬直する【大鬼《オーガ》】に驚く暇すら与えることなく、急所《あたま》へと続いている
その一本道を駆け上がっていく。

そして、全体重を乗せた右の膝蹴りを【大鬼】の顔面へと突き刺した。

「がッ⁉」

『ッッ！』

バキッ、という鈍い音が辺りに響く。それは【大鬼】の顔面を覆う外皮に亀裂が入った音であり、僕の膝が砕けた音。

『ッッ』

骨が剥《む》き出しになる膝。そこを起点として全身を駆け巡る痛み。

「がッ！」

大きく仰《の》け反る【大鬼】。背中から地面へと打ち付けられる僕。

先に再起したのは――僕。

使い物にならない右脚は無視し、左足で地面を蹴り出すことで僕は前進した。そして相手に寄り掛かかるようにして、拳を【大鬼】へと叩《たた》き込む。

「ッッッ！」

しかし、それは弱々しい一撃。

その拳は【大鬼】の硬い外皮を砕くこともなければ、痛みを与えることもなかった。

怪物はゆっくりと上体を起こし、満身創痍《そうい》の僕を見る。息を切らしながら。

そして……獰猛《どうもう》な笑みを浮かべた。それは勝利を確信した勝負師の笑み。獲物を追い詰めた肉食獣の表情。

狩る側と狩られる側。明確に浮かび上がるその構図。

怪物はより深い笑みを顔へと刻むと、すでに飛び退《と の》く力すら残っていない僕にとどめをさすべく巨大な拳を大きく振り上げた。

しかし、

「あああああああああああああああああああああああああああッ！」

――《纏雷《てんらい》》

拳が振り下ろされるより先に、僕は心でそう唱える。

直後、目を焼かんばかりの閃光《せんこう》を伴って白雷が弾《はじ》けた。その威力は先ほどの《纏雷《てんらい》》とは比べ物にならないほど高い。予想を上回る一撃。

それも当然だ。

――【逆境練磨《ジャイアントキリング》】の効果。

「片足が使い物にならない」という逆境を背負って放つ一撃が、軽いはずがない。

『ッツッ、アアアアア！』

しかし、怪物はその予想を更に上回った。

全身を縛り上げてくる白雷に動きを制限されながらも、再びその拳を振り上げる。まるで番《つが》えた弓を引くように、膨張した四本の腕をキリキリと持ち上げる。

おそらくその四本の腕は、白雷による拘束が解かれると同時に僕へと振り下ろされる。

当然、右脚を使えない僕はその一撃を避《よ》けることはできない。

つまり――《纏雷》が解かれた瞬間に、僕は圧死するということ。

それは免れない未来。確定事項。

「……」

『……ハァァ』

それは嵐の前の静けさ。決着を目前にした戦場は白雷の音のみに支配されていた。

そして――決着の瞬間は唐突に訪れる。

音もなく霧散する白雷。自由を取り戻す【大鬼《オーガ》】の巨躯《きょく》。

怪物は、限界まで引き絞っていた矢を放つようにして四本の腕を振り下ろそうとし――

「――【全排出《ディスチャージ》】イイイイイイイイイイイイイイッッ！」

僕の瞳に灯《とも》る、意思の炎を見た。

魔獣には理解できない言語。しかし、それは【大鬼】を心の底から震えさせた。

一瞬で最高潮に達する発汗。恐怖に弥立《よだ》つ全身の毛。

しかし、もう遅い。

「上だ……ッ」

高く高く投げ上げられていた【精霊結晶】が、【大鬼】の頭上でソレを放出する。

さっき僕が無理やり奪い取った――【大鬼】の愛剣を。

その大剣は、これから持ち主の命を刈り取るギロチンへと変わる。もう誰にも止められない。その刃《やいば》は、止まらない。

詰んでいた。【大鬼】は白い雷を受けた時点で既に詰んでいたのだ。

そして、両断。

『ツ――――――――――――……………………』

落下途中で顕現したその刃《やいば》は、勢いを殺すことなく怪物を縦に真っ二つにした。

これにて、終。

「う、あっ」

皮の内側にパンパンに張り詰めていた肉が水風船のように爆《は》ぜ、僕に血化粧を施す。

落下してきた大剣は【大鬼《オーガ》】を両断するだけでは飽き足らず、轟音《ごうおん》を響かせながら地面に深々と突き刺さっていく。

真っ二つになった【大鬼】は、断末魔すらあげることなく地面へと倒れ込む。

そして、遅れて地面へと落下した【精霊結晶】がカランと音を響かせた。

「はあっ、はあっ、っ」

糸が切れたようにして僕は地面へと倒れ伏す。朦朧《もうろう》とする意識の中、勝利の実感を噛《か》み締める余裕もない。

「はあ、はあっ……ぁ」

そんな中、これまでに目にしたことがないほどの量の【祝福《ファンファーレ》】を視界に捉えながら、僕は意識を手放した。

エピローグ：『主役』

その少年は【淑姫《しゆくき》】によって【癒霊】のギルドへと担ぎ込まれた。

剣の都中を駆け巡る【弁慶童子】討伐の報《しら》せ。人々はその報せに安堵《あんど》し、喜び合った。

そして、満身創痍《そうい》の少年を担ぎ上げて凱旋《がいせん》した【淑姫】の姿を見て誰もが思う。

「【淑姫】が【賞金首魔獣《バウンティモンスター》】を打倒した」

「【淑姫】はその上、一人の少年の命までも救い出した」

《剣の都》の人々は誰一人疑うことなくそう信じ切っていた。そして、その噂《うわさ》は真実へと形を変えて都中に伝播《でんぱ》してゆく。

——【英雄録】に新しい名が刻まれた。誰かがそう口にした。

——早くその物語を目にしたい。また、誰かがそう口にした。

それから数日後、人々は目にした【英雄録の写本】の内容に眉を顰《しか》めることとなる。

中には、新しく【英雄録】に刻まれた主役の名前を目にして、誤植を疑う者さえいた。

『アイル・クローバー』

それが新しく誕生した主役の名前。

シティ・ローレライトを押し退《の》けて【英雄録】へと名を刻んだ少年の名前。

――アイル・クローバーは【淑姫《しゅくき》】の手柄を横取りした卑怯者《ひきょうもの》。誰かがそう口にした。

――アイル・クローバーは偽物の英雄。また、誰かがそう口にした。

その噂《うわさ》もまた、事実へと形を変えて都中に伝播《でんぱ》してゆく。

かの騒動から一〇日。真実と虚偽が入り混じってできた噂は、《剣の都》に混乱をもたらしていた。

＝＝＝＝＝＝

――【氷霊】のギルド本部。その最上階。

荒れているな、と。ガルバーダは初めて目にする【迅姫《じんき》】の顔にそんな感想を抱いた。

「おい――」

「なにかした？」

「……珍しくお前から呼び出されたかと思えば、突然それか」

鋭い眼光と共に投げかけられた言葉に目を細めるガルバーダ。

「もう一回しか言わないよ。――なにかした？」

「なにもしていない」

ベルシェエリアは円卓の奥からジッとガルバーダの瞳を覗《のぞ》き込む。そして、その奥に嘘《うそ》の色が滲《にじ》んでいないことを感じ取るや否《いな》や、彼に一切の興味をなくした様子で口を開いた。

「そ、じゃあもう行っていいよ」

翻《ひるがえ》る蒼銀《そうぎん》の髪。そのままドアの方へと歩み寄っていこうとする背中を――

「初めて絶対を覆《くつがえ》された気分はどうだ？」


ガルバーダの言葉が引き止めた。

ベルシェリアはその足を止め、僅かな間硬直する。

しばらくして振り返ると、その顔にヘラッとした笑みを張り付けて答えた。

「いやー、そうだなぁ。なんだか未《いま》だに信じられないって感じかなぁ。昨日なんて写本を読んで『うっそ？』って呟《つぶや》いちゃったくらい」

「写本に偽りはない」

「うーん、でもねえ」

「綴《つづ》り手である精霊を疑うというのか？」

「いやいや！　別にそういうわけじゃないよ！　ホントに！」

ベルシェリアのどこか冷めた声が二人だけの部屋に響く。

対するガルバーダは「フッ」と小さく笑みを零《こぼ》すと、

「無様だな」

ベルシェリアに向かってそう告げた。

「……え？」

「無様だと言っている。自分の筋書きをアイル・クローバーに覆《くつがえ》されたことが、そんなに気に食わないのか？」

「いやいや、なに言ってんのさ！　全然そんなんじゃないって！　あんまり適当言ってると私だって怒るよ！」

「丹精込めて育成した『当て馬』に計画の邪魔をされ、苛立《いらだ》っているんだろう？」

「い、いや、だからっ……」

「爪を噛《か》むのもいい加減にしておけよ。そんなボロボロの爪では――」

「――……黙れって」

一瞬にしてその空間内が氷煙で満たされる。

凍《い》てつくほどの冷気がベルシェリアを中心として巻き上がる。

「同じ『端役《はやく》』代表が少し活躍したからって、調子に乗っちゃった？　嬉《うれ》しくなっちゃった？　今日だって、やっと私を否定できる材料が手に入ったからってウキウキで来たんでしょ？　どう？　アイルの威を借りて私を見下す気分は？」

「……」

「そんなんだからアンタはいつまでも『端役』のままなんだよ。本当に、つまらない男」

ベルシェリアの言葉を、ガルバーダは平静な顔で受け止める。

その態度が気に食わなかったのか、ベルシェリアは目を据わらせながら言った。

「ガルバーダは私を本気で怒らせたらどうなるか——知ってるでしょ？」

充満する氷煙が三〇を越える数の氷剣へと形を変え、二人を囲い込む。そしてその切っ先がガルバーダへと向けられる。

「あんまり調子に乗ってるようなら、痛い目にあわせて黙らせるから」

【迅姫《じんき》】の威圧を受けた壁がミシミシと軋《きし》みを上げ、机は小刻みに震えだす。

常人ならば立っていることすら許されないほどの重圧。

しかし、ガルバーダは一切臆した様子を見せずに足を踏み出した。その巨躯《きょく》で氷の剣を粉砕しながら、ベルシェリアへと近づく。

そして、手が届くほどの距離で立ち止まると、蒼銀《そうぎん》の髪を見下ろしながら口を開いた。

「いつまでも自分以外を駒として見ているようでは、痛い目を見るのはお前の方だ」

「っ」

「これからもあの少年のように、お前の筋書きを覆すような主役は、きっと現れる」

奥歯を噛《か》むベルシェリアの前で、大男はその瞳へと決意の炎を宿す。

「それに私も――このままお前の駒でいる気はないぞ」

最後にハッキリとそう口にすると、ガルバーダはその部屋を後にした。

静寂に包まれる室内。

一人残されたベルシェリアは、行き場のない感情を込めた拳を円卓へと叩《たた》きつけた。

＝＝＝＝＝

精霊序列三位――【癒霊】のギルド。

その門の前にわたし、シティ・ローレライトは立っていた。

ここでアイルは一〇日前から療養を続けている。身体《からだ》の内外に酷《ひど》い傷を受けていたためだ。筋肉、関節、骨、そして脳に至るまで。

その深刻さたるや、最初にアイルへと治癒を施そうとした【癒霊】のギルドの治癒師が思わず悲鳴をあげてしまったほど。

アイルはそれほどまでの無茶《むちゃ》をして、あの【大鬼《オーガ》】に立ち向かって行ったのだ。

今でも瞼《まぶた》を閉じれば鮮明に浮かび上がってくるあの日の情景。一歩も引かずに【大鬼】へとぶつかって行く背中。

──アイル・クローバーの魂の証明。

それは、わたしだけが直接目にした物語。

魂を剥《む》き出しにして格上の敵を打倒してのけたあの時のアイルは、誰が何と言おうと【英雄録】の主役たちに勝るとも劣らない主役そのものだった。

「すーっ……ふう」

わたしは大きく深呼吸をすると、前を見据えた。

アイルが目を覚ましたという情報は、三日前に入ってきていた。しかし、わたしはすぐに会いに行くことができなかった。

今のわたしが姉弟子としてアイルと接する想像が、全くできなかったからだ。

でももう、大丈夫。

この三日間で、覚悟は固まっていた。どこか吹っ切れたような気持ちになっていた。

今なら、わたしはわたしのままアイルと向き合うことができる。

確かな足取りでアイルの治療室へと向かい、ドアの前で立ち止まる。そこで最後の深呼吸をして心を落ち着かせると、ドアを二回叩いた。

「失礼します」

その声に対する返事はなかった。寝ているのかもしれない。

わたしは勝手にドアを開け、部屋へと足を踏み入れた。足音を立てずにアイルのベッド

へと歩み寄り、カーテンを開く。

「っ」

そして息を呑《の》んだ。そこには誰の姿もなかったから。

残されていたのは……一通の手紙だけ。

わたしは『シティさんへ』と書かれている手紙を手に取る。そして、その文字列に視線を落として目を見開いた。


『一〇〇日後に、約束の決闘を』

＝＝＝＝＝

『オイオイ本当に良かッたのかァ？　最後の別れが手紙なんかでェ』

《剣の都》から出た僕は、イゼの放った言葉に首肯を返しながら足を止めた。そして振り返り、アイル・クローバーの物語の始まりの場所を目に焼き付ける。

「うん、決めてたことだから」

僕は決めていた。

目覚めて三日以内にシティさんが僕を訪ねてくれれば、すぐに決闘の約束を果たす。だけど三日を過ぎたら手紙だけを残して旅立つ、と。

「……」

僕が目覚めたという情報は三日前の時点でシティさんに届いていたはずだ。普通に考えれば届いていないはずがない。でも、シティさんは僕の前に姿を現さなかった。

この三日間、シティさんの中に渦巻いていた心情を推し量ることは、僕にはできない。

でも、確信めいた予感が一つだけあった。

「……新しい迷いが、シティさんの中に生まれている」

『ま、そーだろォな』

相槌《あいづち》を打つようにしてフンと鼻を鳴らし、イゼは続ける。

『【迅姫《じんき》】の筋書きッつう順境の中で成長してきたシティの嬢ちゃんだからこそ、その筋書きをブチ破ッて成長した大将に対して思うところがあるンだろァ』

「……」

『あの嬢ちゃんは、ベルシェリア・セントレスタの自分勝手のせいでデケェ「業《ごう》」を背負わされることになッたのかもなァ』

「……うん」

——業。

きっとそれは、これまで以上の苦悩をシティさんへと押し付けることになるだろう。

簡単には超えることのできない壁として、彼女の前に立ちはだかることになるだろう。

だけど、

「シティさんなら乗り越えられる」

僕はそう確信していた。

――一〇〇日。

――一〇〇日で、わたしと競えるくらい強くなってみせてください。

――そして一〇〇日後のアイルには、わたしと決闘をしてもらいます。

いつかのシティさんの言葉が脳裏に蘇《よみがえ》る。

「次は、僕が待つ番だ」

一〇〇日後、僕はこの場所に戻ってくる。

そして、全てを乗り越えて本物の主役となったシティ・ローレライトに、本物の主役へと成長したアイル・クローバーとして立ち向かう。

「いってきます」

緑の匂いを含んだ心地いい風が頬《ほお》を撫《な》でてくる。

最後に温かな空気を大きく吸いこむと、僕は都の喧噪《けんそう》に背中を向けて歩き出した。

『ンで、これからどこに行くんだァ？』

「あ、そうそう」

イゼに問われ、僕は【収納結晶】から一枚の羊皮紙を取り出した。

これはそう——宝の地図。

「【弁慶童子】討伐の副賞金としてもらえたんだ」

なんでも、一〇〇〇年以上前に生きていた主役の遺《のこ》した宝の在《あ》り処《か》が、この地図には記されているんだとかなんとか。

その宝の名は——【龍姫《りゅうき》エリーゼの遺宝】

「とりあえずこの地図の場所に行って、宝探しでもしてみようかなって思ってる」

『イイじゃねェか！』

「うん、僕も楽しみ！」

言うと、僕は胸の高鳴りに身を任せて駆け出した。

『どこまでもお供するぜェ！　大将！』

「うん！　行こうイゼ！」

この広い世界を冒険しに。

エピローグ２：『新時代の種子たち』

第【四〇一】話目の物語を紡いだ新しい主役誕生の報《しら》せ。

それは【英雄録の写本】と共に、世界中へと届けられた。

＝＝＝＝＝

《本の都》：図書都市ララパイア──


『新時代の幕開け』

『第五章の最初の主役となったのは、無名の少年』

『大物喰《ぐ》らいの超新星──アイル・クローバー』

見出しにそう記されている情報誌へと視線を落としながら、オレは歯噛《はが》みしていた。

心が「ふざけるな」と絶叫を上げている。

新時代の幕開けを飾った主役。その人物の名前が【淑姫《しゆくき》】ではないという事実を、受け入れることができない。受け入れられるはずがない。

——シティ・ローレライト以上に主役に相応《ふさわ》しい者がいてたまるか。

想起するのは、数か月前に見た次世代の祭典での光景。

剣を握ってたった三か月の少女が見せた英姿。

あの日から、あの純白の背中がまぶたの裏に焼き付いて離れない。

あの少女に追いつきたい。そしていずれは、同じ《種子の世代《第五世代》》として肩を並べて歩けるようになりたい。

ずっとそう思ってきた。それを目標に努力を重ねてきた。

それなのに——そんなオレの努力だけでなく、シティ・ローレライトの背中まで一足飛びに追い越して【英雄録】へと上がり込んだ無名の少年がいる?

「ふざけるな。オレはお前を認めない……ッ!」

アイル・クローバー。

待っていろ。オレが必ず、その化けの皮を剥《は》いでみせる。

六雄の一人である【《朱王《すおう》》】の弟子として。

——【陽狼《かげろう》】ジークロット・シルフォードとして。

＝＝＝＝＝

《愛の都》：砂漠都市エルノア――

「おい、見たか？　新しい【英雄録の写本】」

「ああ、どこに行ってもその話で持ちきりだ。どこの馬の骨かも分かんヤツに、シティ・ローレライトが先を越されたってな」

「【淑姫《しゆくき》】だけじゃねえ。情けないのは次の主役候補って言われてた新人全員だ」

「周りから持ち上げられたことで、調子に乗って腐っちまったんだろうよ」

酒場の中を行き交う、冒険者たちの声。

「例えばあそこにいる――【《黒将《こくしよう》》】の弟子みたいになァ」

その中の一つがこちらへと向かってきて、アタシは顔にヘラッとした表情を張り付けた。

「あはー、散々な言われようだー」

乾いた声でそう呟《つぶや》く。そして心の中で「腐ってるのはどっちだ」と返した。

他者を貶《おとし》めることでしか自己を肯定することができないオマエらのような人間に、シティ・ローレライトをどうこう言う資格はない。

足掻《あが》こうとせず、いつまでも現状維持というぬるま湯に浸《つ》かっているオマエらのような冒険者に、アタシたちを馬鹿にする権利はない。

「……ま」

こんなヤツらがなにを言おうと、気にしなければいい話か。

自分にそう言い聞かせて、アタシは手元の【英雄録の写本】へと視線を落とした。

「……アイル・クローバー」

そしてその名前を声に乗せて零《こぼ》す。

どんな少年なのだろう。

あのシティ・ローレライトを追い抜いて、新しい時代の頁《ページ》に名を刻んだ少年。

あの【淑姫《しゅくき》】以上に英雄に相応《ふさわ》しい主役だと精霊から認められた少年。

……想像すらできない。

「興味あるなー」

実際に会ってみたい。話してみたい。

そして、少年のなにが精霊たちを魅了しているのかを、この目で直接確かめてみたい。

「……まあ、冒険者を続けてれば、いつか会えるかー」

案外その時はすぐに訪れたりして。

鼻歌を零しながら席を立つ。

「よーし、行くかー」

楽しい楽しい宝探しの時間だ。

そしてアタシ――【賢鷹《けんよう》】マオ・キャンプは、目的地に向かって歩き出した。

あとがき

初めまして。猿ヶ原《さるがはら》です。

本書を手にとっていただき、本当にありがとうございます。

突然ですが、皆さんは「三つ葉のクローバーは踏むと四つ葉になる」という話を聞いたことはありますか？　なんでも、クローバーは踏まれるなどしてストレスを受けると、より多くの光を浴びようと葉の数を増やすんだとか。

逆境の中で生まれる植物。なんだかかっこいいですよね。

本作の主人公アイル・クローバーは、そんな四つ葉のクローバーのような少年です。踏みつけられ、傷つけられ、逆境へと放り込まれる。しかし、決して諦めない。光を浴びようと立ち上がる。主役という栄光へと手を伸ばす。この「キミに捧《ささ》げる英雄録」で、自分が理想とする主人公をちゃんと書くことができました。大満足です。

主人公の他にも、ヒロイン兼ライバル兼姉弟子であるシティ、とってもとっても優しい英雄のお姉さんベルシェリア、担当編集者様の推しガルバーダ、そして正妻の【魔導書】イゼゼエル……と、クセがあったりなかったりするキャラたちを書き上げることができました。とても楽しかったです。

それでは謝辞を。

イラストレーターのこーやふ先生。こーやふ先生にイラストを担当していただけることが決まった日から、購入した先生のイラスト本を見て毎日最低三杯は白米をかきこんでいます。キャラクターデザインなどが届きはじめてからは、更に白米の量が増えました。素晴らしいイラスト、本当にありがとうございます。これからもイラスト本買います。

担当編集者様。最初は目も当てられないほどの出来だった本作ですが、担当編集者様のおかげで「ライトノベル」にすることができました。自信満々で書いて送ったキャラクターの称号に「ダサい」という感想が返ってきたことも、今となってはいい思い出です。

ＭＦ文庫Ｊ編集部様、相談に乗ってくれた先輩作家様、そして読者様。

様々な方に支えられて、本書は刊行を迎えることができました。

本当にありがとうございました。

それでは、失礼します。

猿ヶ原

ファンレター、作品のご感想を
お待ちしています

あて先

〒102-0071　東京都千代田区富士見2-13-12
株式会社KADOKAWA　MF文庫J編集部気付
「猿ヶ原先生」係　「こーやふ先生」係

MF文庫J

キミに捧げる英雄録1
立ち向かう者、逃げる者

2021年2月25日　初版発行

著者　猿ヶ原
発行者　青柳昌行
発行　株式会社KADOKAWA
〒102-8177 東京都千代田区富士見2-13-3
0570-002-301（ナビダイヤル）

印刷　株式会社廣済堂
製本　株式会社廣済堂

Printed in Japan　ISBN 978-4-04-680238-5 C0193

◇◇◇

この作品は、第5回カクヨムWeb小説コンテスト〈特別賞〉受賞作品『君に捧げる【英雄録】』を改稿・改題したものです。